Die Leute von Langenegg

DIE LEUTE VON LANGENEGG

Photographiert von Konrad Nußbaumer
und geschrieben von Hans Weiss

Kiepenheuer & Witsch

Die Aufnahmen auf den Seiten 154, 155, 156, 158
stammen von einem unbekannten Photographen.

© 1987 by Verlag Kiepenheuer & Witsch, Köln
Buchgestaltung Hannes Jähn, Köln
Gesamtherstellung Druck und Verlag Schuffelen, Pulheim
ISBN 3 462 01824 8

Inhalt

Eine Welt, die verschwindet

1934 las der Bauer Konrad Nußbaumer ein Werbeplakat im Lebensmittel-
laden des «alten Heidegger Wible» im Bauerndorf Langenegg im westlich-
sten Bundesland Österreichs, Vorarlberg. Da stand, daß jeder einen Photoapparat gewinnen würde, der im Besitz eines 10-Schilling-Scheines mit
einer bestimmten Nummer war. Der Bauer mit den drei Kühen im Stall
hatte immer schon von so einem Apparat geträumt. Konrad Nußbaumer
verglich jeden 10-Schilling-Schein, den er in die Hand bekam, mit der Nummer, die er sich auf einem Stück Papier notiert hatte. Und wirklich, eines Tages tauschte er einen, dessen Nummer übereinstimmte.

Der Apparat war ein kleines, schwarzes Kästchen. Alles, was er tun
mußte, war: den 6 x 9-cm-Film mit den acht Aufnahmen einlegen, durch
den Sucher sehen und auf einen Knopf drücken. Er konnte weder die Blende
verstellen noch die Zeit. Immer war es der fünfzigste Teil einer Sekunde,
während der Licht durch das Objektiv auf den Film fiel.

Auf seiner ersten Photographie sieht man die Nachbarin Resi Fasching-
bauer, wie sie am frühen Morgen, das Fahrrad schiebend und mit der Milch-
butte auf dem Rücken, zur Sennerei geht (Photo Seite 22).

Ein Film kostete zwei Schilling, und wenn er voll war, trug ihn Konrad
Nußbaumer zum Photographen Hreysa ins Nachbardorf, um ihn entwik-
keln zu lassen und Kontaktabzüge zu bestellen. Es war billiger, den Film
zum Photographen zu bringen, als sich selbst eine Dunkelkammer einzu-
richten.

Konrad Nußbaumer wäre gerne Mechaniker geworden. Aber weil er als
einziges von sechs Kindern am Leben geblieben war, hieß es: «Das geht
nicht! Einer muß auf die drei Kühe im Stall schauen.»

Photographieren war für Konrad Nußbaumer «nur so ein Hobby nebenbei». Er zerbrach sich nicht den Kopf darüber und dachte sich nie: Das muß
ich jetzt dokumentieren. Oder: Dieses Bild fehlt mir noch. Er sprach auch
nie mit anderen Photographen über seine Bilder, und er kaufte auch nie
Bücher über Photographie.

Als Bauer war er Teil des Dorfes, man ging zu ihm, wenn man ein Bild
vom neuen Stier wollte oder ein Taufphoto oder ein Sterbebild oder ein
Hochzeitsphoto.

Im Laufe der Zeit machte er viele Portraits von Nachbarn und Dorfbewohnern in ihrem Alltag, bei der Arbeit, im Gespräch und bei Festen. Die

einzigen Hilfsmittel waren eine dunkle Decke, die er manchmal als Hintergrund aufspannte, und eine Glühbirne mit 100 Watt für Portrait-Aufnahmen in seiner Stube. Viele Bilder hat er in Alben eingeklebt, die Negative liegen in einer verstaubten Schachtel auf dem Dachboden.

Durch Zufall bin ich auf die Photos des heute 83jährigen Konrad Nußbaumer gestoßen. Die Welt, die auf den Photos seiner Alben festgehalten ist, war eine geschlossene Welt, die sich jahrhundertelang kaum verändert hat.

Am eindringlichsten beschrieben hat diese Welt der Bauer Franz Michael Felder in seiner Biographie «Aus Meinem Leben». Felder stammt – wie Nußbaumer – aus dem Bregenzerwald. In diesem Gebiet herrschten bis zum Jahr 1807 ungewöhnliche Freiheiten. Die Leibeigenschaft war schon seit 1382 abgeschafft, die Bregenzerwälder hatten eine eigene Bauernrepublik. Jeder männliche Bewohner über 20 Jahre hatte, unabhängig vom Vermögen, Stimmrecht. Alle vier Jahre wurde eine neue «Regierung» gewählt, die Gesetze erließ, mindestens einmal im Jahr Gericht hielt und die Verwaltung organisierte. Als die Bayern 1807 die Herrschaft über dieses Gebiet übernahmen, wurden alle diese Rechte abgeschafft.

Als ich die Biographie von Felder im Jahr 1969 las, hundert Jahre, nachdem er sie geschrieben hatte, war es für mich so, als hätte Felder meine Kindheit in den fünfziger Jahren beschrieben, als sei die Zeit im Dorf stehengeblieben.

Erst in den sechziger Jahren unseres Jahrhunderts begann sich auf dem Dorf im Bregenzerwald alles zu ändern. Die Industrialisierung der Landwirtschaft brachte andere Arbeitsweisen und ein vermindertes Einkommen für die kleinen Bauern. Und als die «Fremden» kamen, drängten sich mit ihnen andere Kulturen und andere Verhaltensweisen in die verschlafene, konservative und enge bäuerliche Welt. Immer weniger Kinder wollten Bauern werden. Bauer sein und im Dorf aufwachsen hieß soviel wie: altmodisch sein und ungebildet und hinten bleiben und nicht so viel Geld haben. Wer wollte das schon?

Die meisten Personen, die der heute 83jährige Konrad Nußbaumer auf seinen Photographien abgebildet hat, sind schon gestorben. Mit jeden von ihnen stirbt auch ein Stück eigenständige Welt mit einer eigenen Kultur. Was mich überrascht hat, war die Bestimmtheit und der Stolz vieler alter Dorfbewohner, mit der sie an einer anachronistisch anmutenden bäuerlichen Welt festhalten: selbstgenügsam, mit wenig Komfort und ohne den beständigen Drang nach mehr Geld und mehr Konsum.

Ich danke allen Langeneggern, die bei der Entstehung dieses Buches geholfen haben. Besonderen Dank schulde ich Verena Corazza, Andrea Ernst, Krista Federspiel, Heinz Großkopf (photographische Ausarbeitung), Kurt Langbein, Edith Nußbaumer, Roswitha Samhaber, Dr. Artur Schwarz, Erika Stegmann und Paula Weiss.

Meiers Xaver und Eugsters Ferde posieren als Musikanten

Familie Kleber, Hansasöff auf Urlaub daheim (Winter 1941/42)

Der Kaminkehrer Köberl (Ende 40er Jahre)

Mesmers Gebhard in der Uniform der Heimwehr (Ende 30er Jahre)

Vier Dorfburschen

Kegeln beim Dreikönigswirt, nach der Sonntagsmesse (Mitte 30er Jahre)

Die Mesmer-Familie (Mitte 30er Jahre)

Sommer in Langenegg

Nachbarschaftshilfe, nachdem der Föhnsturm einen Dachstuhl zerstört hat (1935)

Vögels Peter beim Schifahren

Bechters Tusnelda mit Vögels Rosmarie auf dem Arm (Anfang 50er Jahre)

Meiers Eduard, der Maldoner und Mesmers Gebhard bei der Straßenarbeit
(Mitte 30er Jahre)

Die erste Photographie des Konrad Nußbaumer: Faschingbauers Resi (1934)

Schniders Juffanton, Bauer (Ende 30er Jahre)

Das Haus des Photographen Konrad Nußbaumer (Mitte 30er Jahre)

Der Bauer

Jetzt bin ich 72 Jahre, geheiratet hab ich nicht. Die Leute fragen mich oft: Ja Herrgottsak, ist dir nicht langweilig, so allein zu leben? Aber man gewöhnt sich daran. Wenn ich Vieh habe und aufs Feld muß zum Schaffen und die Stube aufräumen und kochen und waschen, dann wird mir nicht langweilig, dann hab ich immer Arbeit.

In den letzten Jahren habe ich Rückenschmerzen gehabt, es sind halt die Bandscheiben, richtig gut wird es wohl nicht mehr. Ich muß ein bißchen vorsichtiger tun, der Jüngste bin ich ja auch nicht mehr.

Zu mir sagt man: Du bist schon alt, du kommst nicht mehr mit, du bist hinten geblieben, du verstehst die Welt nicht mehr. Ja, sicher: Vom Alten ist nicht alles gut, und der Fortschritt ist schon recht, oder? Aber es ist auch nicht alles gut, was modern ist. Die Leute glauben, wenn etwas neu ist und modern, dann ist es schon gut, und werfen das Alte weg. Für mich sind die Zeiten heute auch nicht besser als früher, bei Gott.

Früher ist alles ganz anders gewesen: Heute mäht man, bevor das Gras richtig da ist, bevor Blumen und Blüten richtig anfangen zu blühen. Darum gibt es auch nicht mehr so viele Arten. Früher haben die Bienen noch Blumen gehabt, da sind überall Hecken gewesen und Sträucher.

Jetzt: Bevor die Blüten da sind, wird gemäht, wird gespritzt. Wir haben früher 40, 50 Bienenstöcke gehabt, oder? In allen Winkeln. Honig hat es so viel gegeben, man hat oft nicht mehr gewußt, wohin. Ja! Man hat wenig Arbeit gehabt damit.

Und heute? Heute nimmt man im Herbst allen Honig heraus und muß den Bienen im Winter Zucker geben, das ist ja nicht normal, bei Gott. Früher hat man den Bienen soviel Honig gelassen, daß sie überwintern können. Die Bienen sind nicht so wie die Leute: Sie verbrauchen nicht mehr, als sie unbedingt brauchen.

Nichts hat man gespritzt früher. Das hat es gar nicht gegeben und gar nicht nötig gehabt. Heute spritzt man alle Tage Gift und düngt ein paarmal im Jahr. Das muß doch gar nicht sein, oder? Und Äpfel spritzt man, Birnen, Zwetschken, alles. Und Salat spritzt man, daß er schnell wächst. Und Äpfel, daß sie eine schöne Farbe kriegen und daß sie keine Flecken haben. Und Gurken, daß sie gerade wachsen anstatt krumm.

Ja, wer verdient daran? Die Fabriken, die Spritzmittel herstellen, oder? Und die Geschäfte, die Spritzmittel verkaufen. Die sind dafür, oder?

Ich habe bisher noch nicht gespritzt, nirgends. Aber das nützt halt nicht viel, wenn das einer nicht tut, und ringsherum spritzt man überall, gegen Hahnenfüße und Schmalzblätter und was weiß ich was. Man sagt, gegen das, was nicht viel wert ist. Das kommt weg. Auch Blumen. Die schönsten Blumen. Gegen alles, was schön ist.

Ein zehn Meter breiter Arm, links und rechts hinaus, und da fährt der Traktor, wie eine riesige Spritzkanne. Damit wird das ganze Gut gespritzt, die ganze Fläche. Alles wird einmal zugrundegehen, wenn das so weitergeht.

Die Kühe müssen das Gras fressen, das einmal mit Gift behandelt worden ist. Und wir trinken die Milch und essen den Käse, in dem vielleicht noch Gift ist. Nicht umsonst gibt es immer neue Krankheiten, die man noch nicht kennt. Ja, das ist wahr, oder?

Und die Kühe selber verrecken auch 10 Jahre früher als normal. Ja, warum? Milch sollen die Kühe 40 Liter geben, nicht nur 20! Das ist doch Wahnsinn. Die Kühe werden doch umgebracht so, oder? Man zwingt die Kühe, mehr zu fressen, als sie eigentlich wollen. Ja, das halten die Kühe doch gar nicht mehr aus. Sie werden nicht mehr trächtig.

Wenn man unzeitiges, unreifes Obst ißt, dann ist das auch nicht gesund. So ist es auch mit dem unreifen Heu, das ist auch nicht gesund. Milch gibt es natürlich mehr mit diesem jungen Heu. Das treibt. Aber die Kühe halten das nicht lange aus. Und die Milch ist nicht so viel wert wie bei einem natürlichen Futter.

Die Menschen werden arm vor lauter Fortschrittlich-sein und vor lauter Gescheit-sein. Jetzt merkt man es vielleicht noch nicht. Aber eines Tages kommt es. Da wird man sich darauf besinnen. Vielleicht zu spät. Die Natur wird überall verteufelt und verschandelt, auf alle Arten.

Jetzt will uns die Regierung verbieten, daß man Milch an Nachbarn und Verwandte verkauft. Als Bauer soll man überhaupt nichts mehr dürfen. Wir sollen die Milch nur noch an die Molkerei liefern. Das ist ja wie im Ostblock, oder? Alles wollen sie einem vorschreiben. Ja, man hat grad überhaupt keine Rechte mehr. Der Preis wird vorgeschrieben, die Menge wird vorgeschrieben, und jetzt wollen sie uns auch noch vorschreiben, an wen wir verkaufen sollen. Ja ist das noch normal?

Mit den Hennen ist es genau das gleiche wie mit den Kühen. Man sperrt sie in enge Verschläge und gibt ihnen unnatürliches Futter. Das ist ja ein Martyrium. Und Tag und Nacht Licht, sie haben keine Ruhe. Wenn ein Mensch Licht hat die ganze Nacht, dann kann er auch nicht mehr schlafen.

Darum, in einem Jahr oder zwei, sind die Hennen dann schon erledigt. Ich habe Hennen für fünf, sechs Jahre, bei Gott. Und die legen auch Eier, können ins Freie, Gras fressen und allerhand Ungeziefer. Die Leute, die sich auskennen, sagen: Meine Eier schmecken besser, und das Gelbe in meinen Eiern sei viel gelber und viel kräftiger als von den Hennen, die in Verschlägen hocken, oder?

Sauen halten, das rentiert sich nicht mehr. Man verdient nichts mehr. Vor 20 Jahren hat man für ein Kilo von der Sau 20, 25 Schilling bekommen. Und heute zahlen sie auch nicht mehr, oft nicht einmal so viel. Als Bauer bekommt man immer weniger für die Arbeit. Alle anderen bekommen immer mehr und der Bauer bekommt immer weniger. Es ist heute halt so.

Das ist der Grund, warum man den Sauen heute Spritzen gibt. Daß sie noch schneller wachsen, bei Gott. Das ist nur aufgetriebenes Fleisch. Warum muß man die Sauen und Kälber spritzen? Früher hat man das auch nicht gebraucht, und man hat trotzdem genug zum Essen gehabt. Jetzt hat man so viel, daß man nicht mehr weiß, wohin damit. Jetzt ist man draufgekommen, daß die Spritzen Gift sind. Es ist in allen Zeitungen gestanden, aber es ändert nichts. Gespritzt wird trotzdem.

Früher hat man sechs Monate gebraucht, bis man eine 100-Kilo-Sau gehabt hat, heute will man sie in vier Monaten so. Natürlich kennt man das am Geschmack. Die alten Metzger, die das Fleisch noch kennen, die wissen das. Das aufgetriebene Fleisch schmeckt einfach nicht so gut.

Heute tut man Antibiotika ins Futter und solches Zeug, ich kenne das gar nicht, das soll extra gut sein, sagt man hier. Ich weiß auch nicht warum, für die Gesundheit angeblich. Ich glaube, daß es nur eine Geldmacherei ist.

Wenn es nur viel ist! Ob es dann gesund ist oder nicht, das ist dann Nebensache, oder? Alles hat man in der Landwirtschaft umgestellt: mehr, größer, schneller. Alles kommt aus dem Gleichgewicht. Man sieht ja, wie weit man kommt damit. Nichts ist mehr normal und natürlich, bei Gott.

Die Natur wird überall verteufelt und verschandelt, bei Gott. Auf alle Arten. Es ist grad so, als wenn die Leute alles zerstören möchten.

Jeder will den noch größeren Traktor und wenn möglich nicht nur einen, sondern zwei. Und der Neid ist dann auch noch da: Wenn der Nachbar einen großen Traktor hat, dann muß man natürlich auch einen großen kaufen, obwohl man ihn gar nicht braucht, oder?

Ja, Herrgott, früher sind drei, vier, fünf Leute in einem Haus gewesen, man hat alles von Hand gemacht. Man hat gemeinsam das Heu eingebracht. Wenn man fertig gewesen ist, hat man Zeit gehabt, unter einem Baum zu sitzen und Most zu trinken und miteinander zu reden und abendzuessen. Heute gibt's das nicht mehr. Die Bauern hocken den ganzen Tag auf ihren Traktoren. Allein hocken sie oben, essen tut man sogar auf den Traktoren. Man nimmt sich nicht mehr Zeit, oder? Und dann nimmt es die Leute wunder, warum sie alle krank werden.

Ich hab einen Fernseher, aber ich schaue nur wenig. Zu Abend, die Nachrichten. Aber sonst: Mir tut liegen am besten, mit meinem Rücken. Sobald ich fertig bin mit der Arbeit, gehe ich ins Bett.

Mir gefällt am Bauer sein halt, daß man die Arbeit hat und daß die eine in die nächste übergeht. Und daß man auf die Natur aufpassen muß: Wie das Wetter wird und ob das Vieh gesund ist und wie das Gras wächst, oder? Alles hängt zusammen, und man muß alles ineinander nehmen. Man hat gute Zeiten und hat mindere Zeiten. Es ist nicht so wie bei Angestellten. Einer hat mir vor kurzem erzählt, er ist in einer Schreibstube und hat seine Arbeit am Nachmittag um drei schon fertig gehabt. Er hat gesagt, jetzt bin ich fertig, ich gehe heim. Da haben sie ihm gesagt, das geht nicht. Du mußt da bleiben, bis um fünf, wenn alle gehen. Aber er habe seine Arbeit doch schon erledigt. Trotzdem müsse er noch bleiben, er müsse sich halt die Arbeit so einteilen, daß er erst um fünf Uhr fertig sei. Das hat man ihm gesagt, bei Gott! Das ist ja verrückt, oder? Aber so ist es in den Ämtern. Wenn ich früher fertig bin, dann bin ich fertig, dann kann ich tun, was ich will. Dann sagt mir niemand, daß ich noch länger bleiben muß.

Im Sommer stehe ich um fünf Uhr auf, oder? Wenn man früh anfängt, dann ist man früh fertig, dann muß man nicht springen. Ich mag es nicht, zu spät zu sein. Zuerst melken und stallen, dann ins Sennhaus, dann fängt man andere Arbeiten an. Frühstücken tu ich nach der Stallarbeit. Kaffee und Milch und Käse und Butter und Marmelade oder Honig oder einen Stopfer – was man halt hat, oder?

Zu Abend gibt's gebratene Grundbirnen oder einen Stopfer. Allein brauche ich wenig Fleisch. Früher hat man das Fleisch zerteilt und eingeweckt in Gläser, auch geselcht hat man viel. Früher ist hier im Haus eine Selchkammer gewesen, aber die Feuerversicherung hat das nicht mehr genehmigt. Zum Selchen hat man Sägemehl verwendet, das ist harzig gewesen, hat einen guten Geschmack gegeben, oder?

Bei der Landwirtschaft hilft es nicht, wenn man nachsinnt, ob man etwas tun mag oder nicht. Man muß es halt tun. Als Bauer ist man die Arbeit gewöhnt, man weiß, was man zu tun hat und man tut es. Und wenn man es nicht tut, dann muß man aufhören als Bauer, oder? Eine Pause machen gibt es nicht. Nur die halbe Arbeit machen geht nicht. Ich hab immer schon Bauer sein wollen, ich hab das immer im Sinn gehabt, oder?

Wenn man Vieh hat, kann man nicht einfach weg, Urlaub machen für ein paar Tage. Das Vieh merkt es, wenn plötzlich jemand anderer da ist. Das Vieh kennt einen schon an der Stimme. Und am Melken auch. Ich melke immer noch von Hand. Für mich rentiert es sich nicht mehr, eine Melkmaschine zu kaufen. Nein, nein, solange ich mit den Händen kann, solange ich mit den Händen gut bin, kaufe ich keine. Wenn man von Hand melkt, dann merkt man auch schneller, wenn eine Kuh krank ist, wenn sie einen «Biß» hat.

Ein «Biß» ist, wenn ein Teil von Euter steinhart wird. Die Kuh fängt an zu fiebern und zittert. Und wenn der Tierarzt nicht schnell kommt, fährt der «Biß» in den Leib, und dann muß man die Kuh metzgen. Ich weiß nicht, wovon das kommt, man sagt, es kommt vom Erschrecken oder wenn man nicht sauber ausmelkt. Aber was es genau ist oder wie oder was, das weiß man nicht.

Stier hab ich keinen, das rentiert sich nicht. Heute macht man das künstlich, das Besamen, das ist einfacher, oder? Aber es gibt Kühe, die nehmen den Samen nicht so gerne auf auf diese Art. Zum Stier kann man zweimal gehen, der Nachsprung kostet nichts, wenn es beim ersten Mal nicht geklappt hat. Beim Tierarzt, wenn man besamen läßt, kostet es jedesmal.

Ich habe zwei Häuser, Bauernhäuser. Im Frühjahr ziehe ich herüber nach Langenegg, und im Herbst ziehe ich wieder hinüber nach Lingenau. Dort ein Haus und hier ein Haus. Im Hinterwald ziehen die Bauern oft noch viel häufiger um. Vom Dorf ins Vorsäß, vom Vorsäß in die Alpe, dann wieder ins Vorsäß und zurück ins Dorf. Ins Holz gehe ich, wenn ich eins brauche, Brennholz, Scheiter richten, Buscheln, Hagholz, Pfähle. Was man als Bauer so alle Tage braucht, oder?

In den letzten Jahren hat man ja viel gebaut in Langenegg: Häuser und Straßen. Neues hat es sonst nicht viel gegeben, große Umwandlungen, nein. Heute baut sich jeder ein eigenes Haus. Wenn man heiratet, braucht man ein eigenes Haus, oder? Früher hat es das nicht gegeben. Viele Leute sind halt in den oberen Stock gezogen. Wer daheim geblieben ist und die Landwirtschaft übernommen hat, ist in den oberen Stock gezogen bei der Heirat.

Mein Vater ist Gemeindevorsteher gewesen, von 1912 bis 1929. Viel Arbeit hat er gehabt mit seinem Amt, da hab ich als Kind schon viel helfen müssen. Ich habe zwei Mütter gehabt. Die erste ist viel krank gewesen, hat nicht viel schaffen können, ist dann gestorben.

Mit dem Vater bin ich manchmal nach Bregenz gefahren, mit dem Bähnle. Das ist dann schön gewesen, auf den Bodensee hinunter schauen, auf die Schiffe. Man ist ja sonst nirgends hingekommen. Es hat damals viele alte Leute gegeben, die sind ihr Leben lang nicht nach Bregenz gekommen.

Ich bin zwanzig gewesen, wie ich das erste Fahrrad gekriegt habe. Heute fahren schon die kleinen Kinder mit Fahrrädern, bei Gott. Früher hat man dafür kein Geld gehabt. Ich weiß noch gut, wie das erste Rad in der Langenegg aufgetaucht ist, ja, da hat man Augen gemacht. Es ist halt etwas Besonderes gewesen, oder?

Ich bin zum Militär eingezogen worden, weil unsere Familie halt keine Hitler gewesen sind. Da im Dorf hat es zwei Gruppen gehabt: die Hitler und die Schwarzen. Wir sind immer Schwarze gewesen, wir haben nicht gewechselt. Der Vater ist 70 Jahre gewesen, die Mutter ist 70 Jahre gewesen, wir haben zwei Felder gehabt, und trotzdem hab ich müssen einrücken. In anderen Häusern sind mehrere Männer gewesen, die nicht einrücken haben müssen. Aber wenn man halt nicht immer «Heil Hitler» gesagt hat, dann ist die Strafe gekommen.

Im Krieg bin ich in Paris gewesen, in Warschau, in Rußland, in Rimini, Florenz, in Rom und zuletzt in Triest. Dort bin ich in jugoslawische Gefangenschaft gekommen, und man hat mich 1947 freigelassen.

In der Nacht um drei bin ich nach Hause gekommen. Am Anfang ist hier alles fremd gewesen. Das Essen und das Bett, der Stall, die Kühe. Alles.

Es ist halt eine böse Zeit gewesen. Man hat froh sein müssen, wenn man am Leben geblieben ist. Seither bin ich immer hier und habe immer gearbeitet.

Der Bauer Schlossers Tone (1986)

Baders Ferdinand, Bauer und Alphirte (Mitte 40er Jahre)

Baders Konrad, Bauer

Faißt Elsa, geb. Bader, aus dem Nachbardorf Krumbach

Josef Mätzler, Bauer

Eine Pause beim Heuen

Beim Heuen auf Schmidlers Ebene (Ende 30er Jahre)

Heuarbeit

Nach der Feldarbeit

Beim Schneepflugen (Mitte 30er Jahre)

Spiegels Johann und eine Magd aus dem Hinterbregenzerwald (30er Jahre)

Spettels August mit dem preisgekrönten Stier (Ende 30er Jahre)

Friedas Anna

Nie würde jemand im Dorf fragen: «Wie heißt Du?» Die Frage lautete: «Wem gehörst Du?» oder «Wer bist Du?» Und nie würde eine Dorfbewohnerin geantwortet haben: «Anna Frieda». Immer würde sie gesagt haben: «Friedas Anna».

Sie war die Tochter der Witwe Frieda, von dieser stammend und mit dieser untrennbar verbunden. Die Antwort enthielt gleichzeitig die Geschichte der Familie Frieda und die ganze Geschichte des Dorfes, die jeder kannte, so wie die Geschichten der anderen Familien auch. Man wußte, wieviele Kühe einer hatte und welche Felder und wieviele Tannen und wer mit wem verwandt war und welche Vergangenheit einer hatte und was für eine Zukunft.

Das Leben und die Arbeit war ein immer gleicher Kreislauf, Jahr für Jahr, der nach den immer gleichen Regeln ablief, außer es gab Krieg. Alles, selbst der erste Kontakt mit dem anderen Geschlecht, fand unter den Augen des Dorfes nach festen Regeln statt.

Gefiel einem jungen Mann ein Mädchen, dann durfte er das an Sonntagen zeigen. An Sonntagabenden stand allen Dorfbewohnern die Stube jedes Hauses offen, die jungen Männer gingen «zur Stubat», saßen mit dem Mädchen und den Eltern des Mädchens in der Stube, redeten vom Wetter, vom Vieh und vom Dorfalltag und versuchten, guten Eindruck zu machen. Wenn man gern gesehen war, so wurde Most ausgeschenkt und gedörrte Birnen auf den Tisch gestellt und frisches Obst. Fast immer war man unter Aufsicht, ledige Kinder waren selten.

Hatten sich zwei gegenseitig versprochen und die feste Absicht zu heiraten, dann durften sie auch gemeinsam auf die seltenen Bälle gehen. Mit Spannung erwarteten alle den Moment, wenn bei der Damenwahl die Frau dem Auserwählten den weißen Papierblumenstrauß auf den Tisch legte. Man wußte jetzt: Die gehören zusammen.

Heiraten, das ging nur mit dem Segen der Eltern und unter den Augen des Dorfes und mit Genehmigung der Kirche. Die Absicht zu heiraten wurde vom Herrn Pfarrer von der Kanzel herunter verkündet. In den vier Wochen bis zur Hochzeit mußten die Brautleute jeden Tag zur Frühmesse gehen, den Katechismus lernen, und wurden vom Herrn Pfarrer geprüft, ob sie auch die Gebote der Kirche richtig verstanden haben und zu befolgen wissen.

Die Hochzeit wurde schon Tage vor dem großen Fest gefeiert. Die Nachbarn des Bräutigams trafen sich zur «Krauzat», jeden Abend saß man bis spät in die Nacht zusammen, zerteilte Tannenäste in kleine, handliche Stücke und umhüllte damit vorgeformte und mit Zeitungspapier umwickelte Eisenbänder.

«Glück und Segen» wurde in schöner, großer Schrift auf weißes Papier geschrieben und mit Tannenreisig eingefaßt. Glück und Segen wünschte man dem Brautpaar, das für die Anwesenden der «Krauzat» Würste mitbrachte und Bier und Limonade, als Ergänzung zu Most und Schnaps, die schon reichlich getrunken wurden. Einer holte die Zugharmonika aus der Ecke und spielte, die Kränze wurden auf die Seite geräumt, und jeder wollte das Brautpaar sehen beim Tanzen.

Am Donnerstag vor der Hochzeit führte man das «Brautfuder». Die Hochzeit von Friedas Anna war gleichzeitig auch das Begräbnis dieses alten Brauches in Langenegg.

Es war am 22. April 1949. Zum letzten Mal fuhren Bräutigam und Fuhrleute mit Roß und Wagen zum Haus der Braut, zum Haus der Friedas, ließen sich dort bewirten und fuhren mit der Braut zum Schreiner Melker, der damit beschäftigt war, die neuen Betten, das Kanapee, die Kästen und die Stühle auf zwei Leiterwagen festzubinden. Die Betten waren mit Bettwäsche bezogen und mit Kränzen umwunden, auf den Kissen war ein Sträußchen Rosmarin angesteckt. Zum letzten Mal waren zwei Wagen und Rösser bekränzt und mit Blumen geschmückt.

Endlich war alles verstaut, die Fuhrleute, Miles Marte, Maldoners Thomas und der Rusch zogen mit letzten, prüfenden Griffen an den Stricken, mit denen die Möbel festgebunden waren, stiegen auf die Wagen und gaben mit einem «Hüa» den Rossen das Zeichen zum Aufbruch. Im ersten Wagen saß das Brautpaar, dahinter kamen die zwei Leiterwagen mit dem Brautfuder.

Der Braut war wehmütig zumute, die Wagen fuhren weg von zuhause, weg von Langenegg, hinüber ins Nachbardorf Müselbach, wo sie das Haus schon sehen konnte, in das sie heiraten würde und wo sie, wenn Gott es wollte, Kinder kriegen und sie großziehen sollte.

Müselbach war nicht weit weg und doch so fern, eine Ache dazwischen und ein Tal. Eine letzte Grenze vor dem Wegziehen: ein Band, quer über die Straße gespannt und mit Tannenreisig bekränzt, gehalten von Langenegger Mädchen. Die Rosse wurden angehalten, der Bräutigam kaufte sich mit ein paar Geldscheinen den Weg frei. Die Mädchen weinten, Anna weinte, sie sah zurück und winkte.

43

In Müselbach, beim Haus des Bräutigams, wurden die Wagen von einer großen Menge erwartet. Die Wehmut von Anna wurde weggespült von Böllerschüssen und der Zugharmonika und neuen Gesichtern und Singen und Tanzen. Auf den Tischen standen Brot, Käse und Speck, Bier und Most. Melkers Hugo und sein Freund feierten die Hochzeit mit dem Lärm ihrer Motorräder, fuhren den Bühel hinauf und hinab.

Am Abend stieg Anna wieder in den Landauer und wurde vom Fuhrmann zurück nach Langenegg geführt, noch war es nicht so weit, noch war es kein endgültiger Abschied gewesen.

In den Tagen darauf ging sie mit ihrem Bräutigam in Langenegg von Haus zu Haus, ließ sich «alles Gute» wünschen, verabschiedete sich von den Nachbarn und Verwandten und lud alle zum großen Fest.

Die Hochzeit fand in Müselbach statt, Pfarrer Abel, ein Flüchtling aus Ungarn, «gab sie beide zusammen». Es war eine schöne Hochzeit, so schön, wie alle Hochzeiten sind, mit Kirchenchor und Musikkapelle. Nach der Trauung führte der Bräutigam die Braut zum Gasthaus Engel, die Hochzeitsgesellschaft hintendrein, man nahm Platz an den Tischen, die mit Blumen und Rosmarinsträußchen geschmückt waren.

Unter dem Geschrei und den Glückwünschen der Zurückbleibenden bestieg das Hochzeitspaar die Kutsche und machte eine Fahrt ins Nachbardorf.

Abends kehrten sie zum Haus des Bräutigams zurück, dort wartete schon das ganze Dorf, der Kirchenchor sang das Lied «Nach der Heimat möcht' ich wieder», die Braut ärgerte sich: «So ein dummer, unpassender Text». Es gab Musik den ganzen Abend und Tanz und Ausgelassenheit. Ein letzter Abschied von den Eltern, den Freunden, den Bekannten, ein letztes Mal Tränen, dann ging das Brautpaar erschöpft ins Bett.

Alles würde jetzt anders werden, dachte sich Anna, sie hatte ein wenig Angst vor diesem gänzlich anderen Leben. Vorbei war, daß sie in Langenegg in die Häuser pflegen ging, wenn die Frauen Kinder bekamen oder krank wurden.

Anna war die Älteste von acht Geschwistern, mußte der Mutter helfen und zu Hause auf die Kinder aufpassen.

Eines Tages kam der Dreikönigswirt ins Haus und fragte, ob Anna ihm nicht helfen könne. Seine Frau sei im Wochenbett, er müsse in den Stall, kleine Kinder seien da und niemand sonst gäbe es zum Helfen.

Da ist Anna mit ihm mitgegangen, hat geholfen, um Gotteslohn. Sie hat gekocht, wie sie es von zuhause gewöhnt war. Am Morgen einen «Stopfer» aus Grieß- oder Hafer- oder Maismehl, das in einer Pfanne über dem Herd mit Milch und Butter verrührt wird, bis der Teig trocken und bröselig ist. Dazu Feigenkaffee aus den roten Päckchen von «Caro Frank» oder «Imperial». Am Mittag kochte sie Suppen, Reis, Hörnchen, Gemüse. Selten Fleisch. Weil der Dreikönigswirt viele Obstbäume hatte – Zwetschken, Pflaumen, Äpfel und Birnen, lauter verschiedene Sorten – kochte sie jeden Mittag Kompott. Abends aß man wieder Stopfer oder gebratene «Grundbirnen» – Kartoffeln.

Anna hatte ein wenig Angst vor dem Kochen, zuhause hatte es allen geschmeckt, wenn sie gekocht hatte, aber bei fremden Leuten wußte man ja nie.

Für die hochschwangere Nachbarin mußte sie wenig kochen, die Mutter hatte ihr eingeschärft, ihr ja nicht zu viel zum essen zu geben, die Frauen im Kindbett sollten Hunger leiden und sich von Wasser, Milch, Brot und Brennsuppe ernähren.

Damit die kleinen Kinder ruhig blieben, füllte sie einen Stoffetzen mit Grießmus, verschnürte ihn mit Zwirn und steckte ihnen diesen Schnuller in den Mund.

Die Arbeit hat Anna gefallen, sie mochte die Kinder, und am liebsten hätte sie sie nach Ende der Arbeit zu sich nach Hause genommen.

Stundenlang ist sie mit der Hebamme am Tisch gesessen und hat geredet. Als es soweit war, hat sie geholfen bei der Geburt, hat Wasser gekocht, die Schüsseln gerichtet und frische Wäsche zurechtgelegt. Die Männer waren immer dabei während der Geburt, sie fand ja auch im Haus statt, im Elternschlafzimmer. Nur selten mußte der Doktor Müller geholt werden, nur selten mußte eine Frau hinaus ins Krankenhaus nach Bregenz oder in die «geburtshilfliche Abteilung» nach Alberschwende.

Die Hebamme hat gern gegessen und getrunken. Anna hat ihr immer ordentlich zu essen und zu trinken hingestellt. Die Hebamme wollte nicht, daß die Frauen ins Spital gehen, sie hat zu Anna gesagt: «Komm, das machen wir schon ohne die Doktoren, wenn Du mir nur hilfst, Anna!»

Jahrelang hat Anna geholfen, bis sie 39 Jahre alt war, bis sie geheiratet hat. Wegen dem Verdienst hätte sie es nicht tun müssen, die Arbeit war manchmal so hart, daß sie selbst krank geworden ist. Ein paar Schillinge am Tag als Bezahlung oder einen Bettanzug oder eine Tracht. Pension hat sie später keine bekommen.

Damals gab es noch keine Waschmaschine, in den meisten Bauernhäusern gab es nicht einmal eine Waschküche.

45

Während des Krieges hat man die Lauge aus Holzasche hergestellt, hat die Asche in einen Kübel mit Wasser gestreut und sie einen Tag stehen gelassen. Dann wurde die Wäsche eingeweicht, auf einem Blechhobel auf- und abgerieben, im Brunnen auf dem freien Feld mit Wasser ausgespült, auch im Winter, mit eiskaltem Wasser, mit Persillauge oder Kernseife eingebürstet, auf dem Herd in einem Kessel zum Kochen gebracht, abgekühlt, in dieser Brühlauge noch einmal gehobelt, und zum Schluß wieder auf freiem Feld mit Brunnenwasser so lange geschwenkt, bis das Wasser ganz klar blieb. Einen ganzen Tag in der Woche waren die Frauen nur mit Wäschewaschen beschäftigt. Am Abend waren die Knöchel und die Finger aufgeweicht und weiß wie die Wäsche, man sah das rohe Fleisch.

Im Winter waren die Brunnen zugefroren, die Frauen mußten das Eis wegschlagen, standen stundenlang im Schnee, manchmal war es so kalt, daß die Finger festfroren und Hautfetzen an der metallenen Brunnenleitung hängenblieben. Die Frauen im Dorf starben an den vielen Kindern und durch den Waschtrog.

Wenn Anna im Herbst in ein Haus ging zum Pflegen, mußte sie nebenher Fleisch einkochen. Im Herbst war die Zeit, wenn das Vieh geschlachtet wurde, eine Sau oder ein Kalb. Manche Bauern metzgerten selber oder man holte den Dorfmetzger, der ins Haus kam, das Vieh abschlachtete und zerteilte.

Das Fleisch wurde abgebraten, in große Steinguttöpfe gelegt und mit Schweinefett dicht verschlossen. Eine andere Möglichkeit war das Einkochen in Rex-Gläser oder das Selchen. Man legte das rohe Fleisch zerschnitten in Holzbutten, streute Salz und Pfeffer, verschloß die Butte mit einem Holzdeckel und wartete zwei, drei Wochen, bis das Fleisch in den Rauch der Selchkammer gehängt wurde.

Im Herbst wurde auch das Kraut «eingemacht». Walsers Otto oder Bosses Gebhard gingen mit ihren großen Krauthobeln von Haus zu Haus, zerschnitten die Krautköpfe, gaben Salz und Wacholderbeeren dazu, stampften das Kraut mit einem Holzstößel und verschlossen das Faß.

Im Frühling und im Sommer wurde Obst gedörrt. Wer Felder hatte, hatte auch Bäume mit Kirschen und Zwetschken, mit Äpfeln und Birnen, und so viel Schnaps konnte man gar nicht brennen, wie die Langenegger Obst hatten. Was nicht frisch gegessen wurde oder zu Schnaps oder Most wurde, legte man auf Bretter an die Sonne und ließ es dörren.

Geschlafen hat Anna so, wie die meisten Bauernfamilien schliefen: auf Laubsäcken. Matratzen kamen erst später, in den vierziger und fünfziger

46

Jahren. Jedes Jahr im Herbst ging man in den Buchenwald, zog mit einem Rechen das Laub auf einen Haufen, füllte es in große, geflochtene Körbe, warf das Laub in die Höhe, fing es wieder auf und säuberte es so von Staub und Dreck. Diese Arbeit besorgten Frauen und Kinder, «wannen» nannte man es.

Früher konnten die Langenegger in sechs Lebensmittelgeschäften einkaufen: Bei Fetzes, bei Schedlers, bei Broimartes, bei Schwarzes, bei Weißles und bei der Wetzin, heute gibt es noch zwei davon. «Geschäftszeiten» und «Ladenschlußregelungen» kannte man damals nicht. Wer etwas brauchte, konnte am Sonntag genauso einkaufen wie um sechs Uhr dreißig oder spät in der Nacht. Das Brot – «Weißes», «Halbweißes» und «Rogges» – wurde jeden Mittag während der Schulpause von den Kindern der Bäckerfamilien in die Häuer getragen.

Die meisten Leute ließen «anschreiben», man kaufte ein, ließ das Gekaufte in ein Büchlein eintragen und bezahlte dann, wenn man das Milchgeld bekam. Das war viermal im Jahr.

Abends setzten sich die Frauen an den Stickstock oder an die Pariser Maschine zum Sticken, auch manche Männer griffen zur Sticknadel, wenn notwendig Geld gebraucht wurde. Die Milch brachte nur alle Vierteljahre Geld ins Haus, für bestickte Stoffe wurde jeden Samstag vom Fergger bezahlt. Der brachte die Ware ins Haus, begutachtete sie am Samstag mittag und zahlte prompt.

Man stickte vorwiegend für die Schweizer, aber auch für sich selbst. Besonders die Frauentracht war mit aufwendigen Goldstickereien verziert.

Über diese Tracht gibt es im Bregenzerwald eine alte Sage. Jedes Kind liest darüber in der Schule:

«Vor dem Schwedenkriege hatten die Kleider der Bregenzerwälderinnen dieselbe Form und Gestalt, aber nicht dieselbe Farbe wie heutzutage. Denn während sie jetzt eine glänzendschwarze, faltenreiche, bis zu den Knöcheln hinabreichende Juppe und eine kegelförmige Kappe tragen, war die Farbe aller Kleidungsstücke damals weiß. Der Grund dieser Umänderung soll folgender gewesen sein: Als die Schweden nach der Einnahme von Bregenz sich an die Eroberung des Bregenzerwaldes machen wollten und auf ihrem Zuge bis hinter das Dorf Alberschwende kamen, erblickten sie plötzlich ober sich eine große Schar weißgekleideter Wesen, welche, die Waffen schwingend, auf sie hinabstürzten. Staunen und Schrecken erfaßte die Schweden, sodaß sie alsogleich die Flucht ergreifen wollten; denn sie hielten die weißen Gestalten für himmlische Wesen, die gegen sie zum Kampfe heranrückten. Es waren aber nur Frauen und Mädchen aus dem Bregenzerwalde, welche, als sie von dem Anmarsche der Schweden hörten, wie Heldinnen Hauen, Picken, Sensen und Heugabeln ergriffen, den Schweden entgegenzogen, sie auf ihrer wilden Flucht einholten und alle samt und sonders totschlugen. Als nun die Bregenzerwälderinnen später vernahmen, daß sie in ihrer weißen Kleidung den Schweden wie himmlische Wesen vorgekommen seien, hielten sie die Sache selbst für ein großes göttliches Wunder und gelobten zum Danke, die weißen Kleider, die nur den Himmlischen gebühren, abzulegen und gegen dunklere umzutauschen.»

Den jungen Frauen ist die Tracht zu altmodisch und zu unbequem: der lange, steife, gefältelte Rock, der die Knöchel bedeckt, und der bestickte Latz, der die Frauen bis zum Hals bedeckt. Die alten Frauen im Dorf tragen sie immer noch. Auch Friedas Anna zieht am Sonntag die Tracht an.

Von ihrer Küche aus sieht sie nach Langenegg hinüber. Einfach habe sie es im Leben nicht gehabt, sagt sie, es sei oft zum Verzweifeln gewesen.

Ihr Mann ist gestorben. Sie ist stolz darauf, daß immer noch Kühe im Stall stehen und daß sie immer noch Bäuerin ist. Vor ein paar Jahren ist sie nahe daran gewesen, aufzugeben, aber «eine Stalltür, die zugeht, die geht nicht mehr auf». Wenn man in einem Bauernhaus einmal aufhörte mit dem Vieh, dann sei für immer ein Bauer weniger. Das will sie verhindern, solange sie lebt.

Drei Langeneggerinnen (Mitte 30er Jahre)

Drei Langeneggerinnen (Mitte 30er Jahre)

Konrad Nußbaumer, Olga Bereuter, Jodok Bechter (Ende 30er Jahre)

Mennels Marikatrin als Patin bei der Firmung

Hochzeit von Schmidlers Paula und Eugsters Eugen (1957)

Eine «Stubat» beim Altbürgermeister Schmidler (Mitte 30er Jahre)

Preisverteilung vom Rodelrennen im «Adler» (4. 1. 1940)

Eine «Krauzat» (Anfang 40er Jahre)

Eine «Stubat» bei Mennels am Finkenbühl (Mitte 30er Jahre)

Kindstaufe

Halbeisens Gisela und Mennels Ilsarena in der Tracht (Anfang 40er Jahre)

Mennels Ferde und seine Schwester Lina am Finkenbühl

Lisabeth Nußbaumer und Anna Ehrenberger im Sonntagskostüm (Ende 50er Jahre)

Ein Patriarch (Name, Ort und Zeit unbekannt)

Die Magd und die Töchter des Altbürgermeisters Josph Anton Bechter

Die Krumbacherin Olga Bereuter, Magd in Langenegg (Ende 30er Jahre)

Gores Olga und Bechters Laura

Amanda Steurer, Frau des Altbürgermeisters Otto Steurer (Ende 40er Jahre)

Metzgers Olga

Hochzeit von «Kassa» Elis mit einem Müselbacher

In der Stube

Maria und Konrad Steurer (Schreinermeister) mit Kindern vor dem Holderbusch

Am Firmtag, Familie Bertel und ein Firmkind

Eine unbekannte Frau in Langenegg (Anfang 40er Jahre)

Irma Raid (Ende 30er Jahre)

Ochsenreiters Ilse und Maiers Ludwig (Ende 30er Jahre)

«Kassa» Kaspar und Irma Meier (Mitte 30er Jahre)

Engelswirts Arthur und Olga Bereuter

Die Schule

Schule und Kirche, das gehört zusammen. In die Schule gehen hieß, in der Früh zur Schulmesse gehen, dann die staubige Straße überqueren, zum Schulhaus gegenüber der Kirche, und ruhig und ordentlich in der Klasse mit den 80 Sitzplätzen Platz zu nehmen. So verlangte es der Herr Lehrer Eberle. Er war sehr streng.

«Vater unser, der Du bist im Himmel, geheiligt werde Dein Name.» Jeden Morgen begann der Unterricht mit diesem Gebet, das Schüler und Lehrer im Stehen verrichteten. Dann befahl Lehrer Eberle, mit der Rute in der Hand: «Setzen!» und «Hände auf die Bank». Folgsam legten sich 160 Hände auf die Bänke, die Handrücken nach oben. Langsam ging der Lehrer durch die Bankreihen, beugte sich über Hände und Fingernägel, ließ sie sich entgegenstrecken und langsam umdrehen.

Wer dreckige Hände hatte, bekam mit der Rute einen Schlag, mußte das Schulzimmer verlassen, zum Dorfbrunnen schräg gegenüber gehen und mit sauberen Händen zurückkehren.

Zum Dorfbrunnen gehen zu müssen, galt als Schande.

Die Dorfschule bei der Kirche – es gab in einem anderen Ortsteil von Langenegg noch eine zweite Schule, wo der Lehrer Dür unterrichtete – hatte nur eine einzige Klasse. Die 80 Schüler wurden einfach in vier Abteilungen unterteilt, je nach Alter und Leistung. Drei Abteilungen erhielten vom Lehrer Aufgaben zum Selbstarbeiten, die vierte unterrichtete er selber.

Für die Kinder in der ersten Abteilung war das Schulhaus wie ein fremdes Land. Der Herr Lehrer redete in einer fremden Sprache, und die älteren Schüler, die man doch kannte und mit denen man sich doch immer ganz normal unterhalten hatte, die redeten plötzlich auch ganz fremd. Zuhause kannte man diese Sprache nicht, zuhause wurde nur im Dialekt geredet. Alles mußte man neu lernen: die Wörter, die Aussprache, die Satzstellung, die Grammatik. Hochdeutsch war so fremd.

Nichts haßte der Lehrer Eberle mehr als unnötigen Leerlauf. Der Unterricht war streng geregelt und geplant. In der Klasse war ein großer Kachelofen, mit dem im Winter geheizt wurde. Der Lehrer Eberle an den Ofen gelehnt, die Hände auf dem Rücken – so unterrichtete er, und so haben ihn die Schüler von damals in Erinnerung.

Die Langenegger waren stolz auf diese Schule. Ein vermögender und geachteter Mann aus dem Dorf, der Chirurg Lipburger, hatte als Geschenk an die Gemeinde eigens Bänke herstellen lassen. Sie galten als die modernsten im ganzen Land, mit Gußeisengestell und Klappsesseln und verstellbaren, braun lackierten Tischplatten. An der Oberkante war eine Vertiefung für die Griffel angebracht und eingebaute Tintenfässer mit Deckeln. Kratzer auf der Bank oder gar eingeschnitzte Botschaften wurden vom Lehrer Eberle nicht geduldet, dafür sorgten die scharfe Rute oder auch Daumen und Zeigefinger des Herrn Lehrers, die zur Strafe an den Kopfhaaren der Schüler zogen.

Die einklassige Schule mit den 80 Schülern in einem Raum war auch von Vorteil. Die Jungen konnten immer mithören, was die Älteren lernen. Wer schneller fertig war mit der stillen Beschäftigung, der hörte bei den anderen zu und durfte mitmachen. Man war gezwungen, sich auf seine Aufgaben zu konzentrieren und sich nicht ablenken zu lassen.

Für den Lehrer begann die Schule nicht in der Früh, sondern schon am Abend vorher. Stundenlang mußte er sich vorbereiten, sich überlegen, wie er am nächsten Tag vier Klassen gleichzeitig beschäftigen konnte und wie sie trotzdem alle etwas lernen würden. Die meisten Aufgaben mußte er selbst entwerfen, es gab nur zwei Bücher, die im Unterricht verwendet wurden: ein Rechenbuch und ein Lesebuch.

Sein Lehrziel faßte der Lehrer Eberle in einem Satz zusammen: «Können muß man: lesen, schreiben, rechnen, und man muß wissen, wo etwas steht und wie man etwas findet.» Die wichtigsten Fächer waren deshalb Lesen, Schreiben und Rechnen.

Musik stand auch im Lehrplan, aber der Herr Lehrer fürchtete sich vor diesen Stunden mehr als seine Schüler. Singen konnte er nicht, das versuchte er auch gar nicht. So zog er einmal in der Woche für eine Stunde eine Geige aus dem Kasten. Sein Repertoire bestand lediglich aus zwei Liedern: «Der Sandmann kommt» und «Alle Vögel sind schon da». Jede Woche dasselbe.

Heimatkunde umfaßte alles: Geographie, Geschichte und Naturkunde. Wenn der Herr Lehrer die Tierwelt erklärte, ging er zum Glasschrank und entnahm ihm die ausgestopften Schaustücke: Meisen, Zeisige, Finken, Stare, einen Dachs, ein Wiesel, ein Eichkätzchen, einen Fuchs, er ließ sie durch die Reihen gehen und von den Schülern betasten.

Über Politik wurde in der Schule nicht gesprochen. 1918, nach dem Ende des Krieges, teilte der Lehrer Eberle seinen Schülern lakonisch mit: «Jetzt sind wir eine Republik». Die Kinder wußten nicht, was es bedeutete, für ihre Welt hatte es auch keine Bedeutung, am Leben im Dorf und an der täglichen Arbeit und am Unterricht änderte sich nichts. Man hörte nur, irgendwo, ganz weit weg, gab es Menschen, viele Menschen, die ganz anders leben, aber man konnte sich kein anderes Leben vorstellen als dieses, an das man gewöhnt war. Der einzige Anhaltspunkt und der einzige Beweis für jene andere Welt war der Zeigefinger des Herrn Lehrers, wenn er an der Weltkugel drehte und auf einen anders gefärbten Fleck deutete und sagte: «Das hier ist Amerika».

Man hörte davon, daß es dort wilde Tiere gäbe und bunte Vögel und Fische in allen Farben und fremdartige Pflanzen und Indianer, und jeder hatte in seiner Phantasie eine andere Welt vor Augen.

Besonderes Augenmerk legte der Herr Lehrer auf eine schöne Schrift, «wie gestochen» sollte sie sein. «Wie gestochen» sollte mit dem Griffel auf die Schiefertafel geschrieben werden, und «wie gestochen» sollte mit Tinte und Stahlfeder in die vier Hefte eingetragen werden, von denen eines zum Vorlesen bestimmt war, eines zum Schönschreiben, eines war das Merkheft und in ein viertes wurden die Aufsätze geschrieben.

Der Stoff für die Schönschreib-Übungen bestand aus Haussprüchen, die der Lehrer immer mit den Worten einleitete: «Früher hat man gesagt...» Damit sollte die Tradition hochgehalten und Achtung gegenüber dem Alten erzeugt werden. Beliebte Haussprüche waren: «Die neuen Besen kehren gut, und die alten wissen die Winkel besser. – Wer die Nase in ein Buch steckt, sieht nichts mehr von der Welt. – Die gezwungenen Katzen mausen nicht. – Weit vom Schuß gibt alte Soldaten.» Diese Sprüche sind den meisten alten Leuten noch geläufig, weil sie wieder und wieder wiederholt und niedergeschrieben wurden.

Leicht hatte es der kleingewachsene Lehrer nicht. Manche Schüler überragten ihn um Kopfeslänge und ließen sich auch durch Strafen nicht einschüchtern. Die falsche Strafe aus dem Repertoire der erlaubten und möglichen zu verhängen, konnte schlimmer sein als gar keine Strafe verhängen.

Sogar eine Ohrfeige wurde dem Herrn Lehrer von einer großgewachsenen Schülerin angedroht. Zur Strafe sollte sie bis zum nächsten Tag 50 Doppelwörter schreiben. Am nächsten Morgen hielt sie dem Herrn Lehrer ihr Heft entgegen: «Gänsekiel» las er, «Gänsefeder», «Gänsefett», lauter Wörter in Verbindung mit Gänsen. Der Herr Lehrer wurde wortkarg. Sein Hausnahme war «Geiser», und Geiser war im Dialekt die Bezeichnung für Gans. Er hieß die Schülerin setzen.

Körperliche Züchtigung war damals eine allgemein akzeptierte Form der Strafe. Die Kinder wurden zuhause geschlagen, wenn sie nicht folgsam waren, und sie wurden in der Schule geschlagen. Es gab Tatzen, das waren

Rutenschläge auf die Hände; es gab simple Ohrfeigen; Kopfnüsse; das An-den-Haaren-Reißen; es gab das minutenlange Knien vor der Tafel; und es gab Strafen, die konnten nur dem Lehrer Eberle einfallen.

Einen Schüler nannte man den «Träumer», weil ihm träumen wichtiger war, als dem Lehrer zuzuhören. Der Herr Lehrer empfand das als Störung, er holte den «Träumer» zur Tafel und befahl ihm, sich auf den Boden zu legen, dort könne er weiterträumen. Er mußte fünf Minuten daliegen, zum Gespött der Klasse.

Die Pause verbrachte der Lehrer meistens beim Dreikönigs-Wirt, der sich in der Nähe des Schulhauses befand. Die Schüler tratschten, rauften oder spielten «Der Kaiser schickt Soldaten aus», ein Spiel, bei dem man sich in eine Reihe stellte, sich an den Händen festhielt und den «Soldaten» abwehrte, der gegen die Reihe anrannte und versuchte, sie zu durchbrechen.

Um 11 Uhr war Mittagspause, die Schüler rannten nach Hause. Im Sommer barfuß, im Winter mit Hölzlern – selbstgemachten Holzschuhen mit Oberleder. Alle waren hungrig, denn der Lehrer hatte verboten, irgendwelche Lebensmittel in die Schule mitzunehmen. Nicht einmal ein Apfel war erlaubt. Schulbusse gab es damals nicht, manche Kinder hatten eine Stunde Fußmarsch bis nach Hause. Das bedeutete, jeden Tag vier Stunden zu Fuß unterwegs zu sein, weil es von Montag bis Freitag auch Nachmittags-Unterricht gab, von 1 Uhr bis 4 Uhr.

Bei vielen Bauern galt die Schule als unnötige Vergeudung von Arbeitszeit, die Kinder brauchte man im Stall und auf der Alpe. Für die älteren Schüler, deren Familien Bauern waren, ging das Schuljahr schon am 15. Mai zu Ende und fing erst am 15. Oktober wieder an, dann, wenn man von der Alpe ins Dorf zurückgekehrt war.

Die Schule mußte sich an die Bedürfnisse der Dorfbewohner anpassen, dafür sorgten schon der Ortsschulrat und der Ortsschulaufseher. Hausaufgaben gab es nur am Mittwoch und Samstag, die Kinder hatten keine Zeit für derlei Überflüssigkeiten, sie wurden am Abend in den Stall geschickt zum Arbeiten. Elternsprechtage brauchte man damals nicht, den Herrn Lehrer traf man sowieso jeden Sonntag nach der Messe auf dem Dorfplatz oder im Wirtshaus.

44 Jahre lang war Konrad Eberle ein geachteter und gefürchteter Lehrer des Dorfes. Streng sei er gewesen, aber man habe etwas gelernt bei ihm, und manche seien sogar Professoren und Doktoren geworden, obwohl sie nur Bauernbuben gewesen sind. So erzählen die alten Leute im Dorf, die bei ihm zur Schule gegangen sind. 1951 ist er gestorben.

Erstkommunion

Nach der Erstkommunion

Erstkommunion (50er Jahre)

Photograph Konrad Nußbaumer mit einem Firmling (Mitte 30er Jahre)

Erstkommunion (40er Jahre)

Nenning Agnes mit Kindern (Mitte 50er Jahre)

Ein Pflegekind bei Mennels auf dem Finkenbühl (Ende 30er Jahre)

Hilda Nußbaumer mit ihrem Sohn (Anfang 50er Jahre)

Vögels Rosmarie auf dem Kinderstuhl (Anfang 50er Jahre)

Die Kinder des Altbürgermeisters Johann Peter Schmidler (Mitte 30er Jahre)

Kinder von Franz und Gisela Domig

Faschingsbauers Emil (Ende 30er Jahre)

Zwei Mädchen vom Dorf (40er Jahre)

Arme Leute

Arm war, wer kein Geld hatte, um sich Brot zu kaufen.

Arm waren die Zimmermeister, die keine eigene Werkstatt besaßen und mit dem Handwerkszeug auf dem Buckel zur Arbeit gingen.

Arm waren auch die Männer im Dorf, die für wenig Geld die niedrigsten Hilfsarbeiten verrichten mußten: den Jauchekasten ausschöpfen, die Jauche auf die Felder ausbringen und als Taglöhner mähen helfen.

Arm war die Südtiroler Holzknecht-Familie Kür, die im Jahre 1939 vom Pustertal nach Niederösterreich zog, von dort mit zehn Kindern nach Langenegg und in Langenegg noch einmal acht Kindern dazubekam, von denen heute noch sechzehn leben, verstreut in alle Welt, in Amerika, in England, in Hamburg, in Wien und in den Bergen des Bregenzerwaldes und Kleinen Walsertales.

Arm war Faschingbauers Resi, die Tochter des Schneiders aus dem Böhmerwald, der auf der Walz in Langenegg hängengeblieben war. Der geheiratet und fünf Kinder großgezogen hatte und es sich nicht leisten konnte, seiner Tochter Resi zur Erstkommunion Schuhe zu kaufen, so daß sie selbstgemachte, klobige Holzschuhe mit Lederbesatz tragen mußte. «Bossen» wurden sie genannt.

Arm war die «Stümmin», die stumme alte Frau, die im Armenhaus von Langenegg so wie zehn andere alte Leute von zwei Kreuzschwestern versorgt wurde, weil sie keine Angehörigen hatte, die sich um sie kümmern konnten.

Arm war auch der Köhler, der noch in den dreißiger Jahren jeden Sommer ins Lecknertal zog. Der dort vier Pfähle in fünfzig Zentimeter Abstand in die Erde schlug, an die er armlange, aus dem Wald der Kassas gesammelte Holzscheite anlehnte. Der diese mit Tannenästen bedeckte und mit Grasstücken verschloß. Der im Pfahlgeviert ein Feuer entfachte, das nach zwei Wochen den Holzhaufen in Holzkohle verwandelt hatte.

Arm sein war ein hartes Schicksal, auch im Dorf.

Spettels Anna, die jetzt 84 Jahre alt ist und allein in ihrem Haus an der Dorfstraße wohnt, möchte nicht noch einmal auf die Welt kommen. Sie hat zu viel mitgemacht.

Der Vater war oft krank. Im Stall hat er nur zwei Kühe gehabt. Die Mutter hat 14 Kinder geboren, zwei davon sind gestorben. Jedes Jahr hat die Mutter einen neuen Fratzen, ein neues Kind bekommen. Bei den letzten beiden

Kindern – es waren Zwillinge – haben die Geschwister gesagt: Wir verhakken sie, wir werfen sie hinaus.

Damals hat man halt noch viele Kinder gehabt. Eine Plage. Die Kirche wollte es so, heute ist es anders mit dem Kinderkriegen. Im Ersten Weltkrieg, 1914, ist Anna mit ihrer Schwester vom ältesten Bruder Josef nach Deutschland «hinauskommandiert» worden. «Schwabenkinder» hießen die Schüler, die während der Sommerferien ins Schwabenland zu Bauern arbeiten gingen. Zu Hause war man froh, einen Esser weniger am Tisch zu haben.

Anna und ihre Schwester hatten Pech, es war ein schlechter Platz, an den sie im Schwabenland geraten waren. Der Bauer hat gesoffen, die Bäuerin hat gesoffen, und zum Essen haben sie fast nichts bekommen.

Im Stall standen 30 Stück Vieh, die mußten die beiden Mädchen versorgen. Um fünf Uhr in der Früh standen sie im Stall, molken die Kühe, trieben sie aufs Feld und brachten die Milch in die Sennerei.

Nach der Stallarbeit mußte Anna das Frühstück für die ganze Familie richten, für den Bauern, die Bäuerin und die drei Kinder. Sie hatten keine Schuhe von zuhause mitbekommen und bekamen auch keine vom Bauern. Sie mußten barfuß arbeiten, auch wenn Raureif lag und es fast nicht zum Aushalten war vor Kälte. Am Samstag wurde immer Kuchen gebacken, aber Anna und ihre Schwester bekamen nichts davon. Weil sie viel in der Küche arbeiten mußte, hat sie heimlich Lebensmittel genommen und ihrer Schwester mitgebracht. Die wäre sonst verhungert.

Gleich nach der Schule mußte Anna weg von zuhause, Arbeit suchen. Die ältere Schwester besorgte ihr einen Platz in der Fabrik, in der Spinnerei Jenny und Schindler in Kennelbach, 30 Kilometer von Langenegg entfernt. «Es war eine elende Arbeit», schimpft Spettels Anna, «und der Chef, der Schindler, war ein Sauhund. Er hat fast nichts gezahlt.»

Am 3. Dezember 1932, am Nachmittag, passierte ein großes Unglück. Ihre Schwester kam in der Spinnerei in eine Maschine. Es hat ihr den Arm ausgerissen, die Seite zerrissen und die Lunge eingedrückt. Sie ist verblutet. Die Maschine hatte überhaupt keine Schutzvorrichtung gehabt, der Schindler war schuld an dem Unfall, aber er ist nicht zur Verantwortung gezogen worden. Er hat keinen Groschen bezahlt. Es gab zwar Gewerkschaften, rote und schwarze, aber die haben keinen Finger gerührt.

Die verunglückte Schwester hat zwei Kinder gehabt. Der Mann war schon vorher gestorben. Was sollte jetzt mit denen geschehen? So ist Spettels Anna über Nacht zu zwei Buben gekommen. Der eine war acht, der andere zwölf. Daß sie es geschafft hat, die beiden großzuziehen, darüber wundert sie sich noch heute.

Sie hat fast nichts verdient in der Fabrik, hat sich jahrelang nicht einmal das einzige Vergnügen leisten können, das ihr ein Vergnügen gewesen wäre: ins Kino zu gehen.

Aber beide Buben sind etwas Rechtes geworden, ordentliche Leute, die sie heute noch hin und wieder besuchen. Spettels Anna ist zufrieden mit sich und ihnen.

Als der große Krieg anfing, 1939, da gab es keine Arbeit mehr für sie. Die Buben konnten auf eigenen Füßen stehen, da ist sie wieder nach Hause, nach Langenegg gegangen. Eine Nachbarin hat ihr geholfen, hat gesagt, sie wisse für sie einen Platz bei einem Bauern, bei Baders Peter. Der ist im Frühjahr mit 80 Stück Vieh auf die Alpe gezogen.

Sie hat oft gedacht: Heiraten tut sie nicht. Sie hat während der Zeit, wo sie in der Fabrik gearbeitet hat, einen Freund gehabt, 13 Jahre lang. Aber der hatte auch noch andere Frauen. Da hat sie Schluß gemacht mit ihm. Sie wollte sich nicht zum Narren halten lassen.

Im Herbst auf der Alpe hat der Peter dann gesagt: «Du bist allein und ich bin allein. Sollen wir nicht heiraten?»

Sie wollte sich das überlegen, ist extra nach Kennelbach gefahren zu einer alten Freundin, hat um Rat gefragt: «Soll ich ihn nehmen?» – Die Freundin hat geantwortet: «Wenn er ein rechter Mann ist und wenn es ein Dach über dem Kopf gibt, dann nimm ihn.»

«So haben wir geheiratet».

Die Verwandten von beiden waren bös und neidig, haben ihnen Knüppel zwischen die Füße geworfen. Es gab Streit wegen dem Haus. So sind sie weggezogen, hinaus nach Hohenems. Zehn, zwölf Jahre später ist sie mit Peter wieder nach Langenegg zurück.

Die Heirat hat sie nie gereut. Sie hat es recht gehabt mit ihrem Mann. Jetzt ist er tot.

Jetzt lebt sie allein in dem Haus, das sie sich mühsam mit ihrem Mann gebaut hat.

Einige Leute im Dorf haben ihr nahegelegt, ins Altersheim zu ziehen und das Haus herzugeben. Aber den Gefallen tut sie denen nicht. Nein, es ist ihr Haus, da sollen sie neidig sein wie sie wollen.

Eine Schwester des Versorgungshauses Langenegg (Ende 30er Jahre)

Der Köhler im Lecknertal (20er Jahre)

Baders (Spettels) Anna und ihr Mann Peter, rechts der Knecht Josef Kür

Maria Moosmann, Magd beim Lehrer Eberle

Auf der Alpe

Ende Mai, Anfang Juni ist es soweit: Kühe, Rinder, Schafe, Pferde und Geißen verlassen die Dörfer. Tagelang sind die Täler erfüllt vom Klang der Schellen – der Glocken, die dem Vieh für die kommende Sommerzeit um den Hals gehängt werden. Nicht deswegen, weil die Bauern so poetisch sind, sondern weil man verlaufenes Vieh dadurch schneller wiederfindet.

Die Glockenklänge ziehen sich aus den Dörfern hinaus, die Dorfstraße entlang, den Bergen zu.

Im Jahr 1923 wurde diese Viehwanderung gezählt: 10 000 Kühe, 5 000 Rinder, 600 bis 700 Schafe und Ziegen, 128 Pferde und 2 000 Schweine. Auf 1100 bis 1400 Meter Höhe liegen die Alpen, wo das Vieh sommern wird.

Daß man auf die Alpe zieht, hat vor allem wirtschaftliche Gründe. Die Bauern können so das ganze Jahr über mehr Vieh halten, das Gras im Dorf wird geheut und im Winter an die Tiere verfüttert. Aber die Alpen bringen den Bauern nicht nur mehr, sondern auch gesünderes, widerstandsfähigeres Vieh.

«Der Boden der Alpen ist durchwegs fruchtbarer Art, auf leicht verwitternder Unterlage, gut benarbt und mit vorzüglichen Gräsern und Kräutern bewachsen. Den Hauptbestand bilden Poa- und Festuca-Arten, vermengt mit Rot-, Weiß- und Bergklee, wilder Esparsette, Berglinse, Bibernelle, Adelgras, Muttern, Taumantel, Alpensimsen, Wermut, Löwenzahn und Arnika», heißt es in einer Beschreibung aus dem Jahre 1928.

Damit der Alpenboden fruchtbar bleibt, müssen den Sommer über Steine gesammelt und das Unkraut ausgerissen werden. Geschieht dies nicht, fangen Erlen und Tannen an zu wachsen, Wacholder, Alpenrosen, Farne, Heidelbeeren, Seidelbast und Moose greifen um sich, Alpenhuflattich, weiße Nieswurz, Brennesseln, Kreuzkraut und Sauerampfer fangen an zu wuchern, und bei Gewittern schwemmt der Regen Steine aus.

In Langenegg selbst gibt es keine Alpen. Einige Familien ziehen ins Lecknertal im benachbarten Ort oder über die nahegelegene Staatsgrenze ins Bayrische.

Eine schmale Straße – seit wenigen Jahren asphaltiert – schlängelt sich sechs, sieben Kilometer lang durch Wälder und Wiesen. Vorbei an einer Kapelle, vorbei an weit auseinander liegenden, geduckten, langgestreckten, früher mit Holzschindeln und jetzt mit Blech oder Eternitschindeln gedeckten Berghütten.

Hier, oberhalb des Bergsees, fast am Ende des Lecknertales, ist die Alpe der Familie Eugster aus Langenegg. Seit 120 Jahren ziehen sie im Sommer hierher, zur «Egger Alpe». Am Beginn des Zuges ein Pferde-Fuhrwerk mit dem «Plunder»: Geschirr, Kleidung, ein paar persönliche Dinge, ein paar Lebensmittel. Hinter dem Fuhrwerk trotten 26, 27 Kühe, ein paar Schafe und Kälber.

Der Vater bleibt im Dorf, zu dritt zieht man auf die Alpe: die Mutter mit ihrer Fußprothese aus Holz, Hans-Peter und ein Bruder. Wenige Tage nach dem Alpaufzug kommt der Herr Pfarrer auf Besuch. Salz und Wasser stehen in der Stube für ihn bereit. Zuerst wird das Wasser in Weihwasser verwandelt, dann geht der Pfarrer in den Stall, spritzt Weihwasser auf den Stall, auf die Kühe, die Rinder, die Schweine, die Schafe, dann geht er aufs Feld, zum Beten.

«Kyrie eleison, Christe, eleison, Kyrie eleison, Christe, audi nos.» Alle Heiligen werden einzeln angerufen: die Heilige Maria, der Heilige Michael, die Erzengel, alle Apostel und Patriarchen, die unschuldigen Kinder und Bischöfe, keiner wird ausgelassen, eine lange, lange Liste von Helfern soll dazu beitragen, daß Vieh und Menschen gesund bleiben.

Zum Dank bekommt der Herr Pfarrer den üblichen Lohn, ein paar Kilo Butter.

Jeden Morgen kommt die Milch in den kupfernen Sennkessel. Wenn das Maß 500 Liter anzeigt, werden Holzscheite angezündet und der Kessel vorsichtig auf 32 Grad erwärmt. Damit aus der Milch Käse wird, schüttet der Senn einen weißen Teig dazu: Lab.

Schon im Winter davor sind die Sennen in die Metzgerei gegangen, haben dort Mägen von Kälbern ausgesucht, die nur mit Milch gefüttert worden sind. Die Mägen hat man ausgewaschen, außen das Fett abgekratzt, sie wie Luftballons aufgeblasen, zum Ofen gehängt und getrocknet. Vierzehn bis fünfzehn Mägen braucht man für einen Sommer. Sie werden in Streifen geschnitten und im Sommer, auf der Alpe, jeweils am Abend vor dem Sennen mit Molke eingeweicht: 10 Löffel Molke, 1 Löffel geschnittenen Kälbermagen. Man läßt es gären bis zum nächsten Morgen, bis ein zäher Teig daraus geworden ist.

«1/8 Liter Lab auf 100 Liter Milch», erklärt Schniders Albert, ein alter Senn. «Heute», meint er bedauernd und schüttelt den Kopf, «machen sie es nicht mehr so. Heute ist alles Chemie, auch die Lab. Ich hab es immer so gemacht, bis zum Schluß. Der Käs wird anders mit dem Kälbermagen. Besser.»

Wenn die Lab in die Milch gegossen ist, muß sie in einer halben bis dreiviertel Stunde dick sein, sonst hat der Senn etwas falsch gemacht, und aus dem Käse wird nichts. Der verdickte «Vorkäse» wird mit einer Harfe, einem Gerät mit feinen Drähten, zerschnitten. Je feiner man den Vorkäse zerteilt, umso besser wird der Käse.

Dann bekommt er Feuer unter den Arsch, wird erwärmt auf 51 Grad, wenn es ein feister, fetter Käse werden soll. Man rührt und rührt, eine dreiviertel Stunde lang. Ist der Käse gut geworden, gibt es als Nebenprodukt einen guten Schotten, die Molke, die sogar getrunken werden kann. Das meiste davon wird an die Schweine verfüttert. «Von den Molken, die von sieben Kühen übrigbleiben, kann je ein Schwein gezogen werden», heißt es in einem alten Bericht des Kreishauptmanns Ebner aus dem Jahre 1840.

Aus dem Schotten wird Seg hergestellt: Der Schotten kommt in eine hohe Pfanne, man kocht und rührt, stundenlang, bis ein brauner, fester Teig entsteht, der bitter schmeckt und mit Spätzle gegessen wird. Diese Spezialität wird immer seltener zubereitet, und ein «normaler» Mensch hat wohl kaum Gelegenheit, sie zu kosten.

Eine Million und zweihunderttausend Kilo Käse wurden 1957 im Vorderen Bregenzerwald hergestellt. Offiziell. In Wirklichkeit werden es wohl mehr gewesen sein, denn so ganz genau geben die Sennen ihre Zahlen nicht bekannt, «es braucht ja nicht jeder alles so genau wissen", meint Schniders Albert.

Zwanzig Jahre später waren es schon knapp 2 Millionen Kilogramm und heute sind es wahrscheinlich 2 1/2 Millionen.

Den Großteil davon lassen Amerikaner und Kanadier auf ihren Zungen zergehen. Die Ostösterreicher bekommen diesen Käse – außer in teuren Feinkostgeschäften – kaum zu Gesicht.

Ein Schweizer war es, der Appenzeller Johann Martin Büchele, der um 1700 herum im Vorderen Bregenzerwald das Fettsennen, die Herstellung von Käse mit hohem Fettgehalt, einführte. Der Ruf dieser Spezialität verbreitete sich rasch in der ganzen Monarchie. Hundert Jahre später war die Herstellung von Fettkäse bereits zum bedeutendsten Wirtschaftszweig der Bregenzerwälder geworden.

Eisenbahn gab es damals noch keine. Transportiert wurden die Laibe mit Pferdefuhrwerken. Ein neuer Beruf entstand: die reichen, angesehenen und von manchen Bauern wohl auch gefürchteten Käsehändler. «Käsgrafen» wurden sie im Bregenzerwald genannt. Im vorigen Jahrhundert verließen jedes Jahr 15 Millionen Kilogramm Käse den Bregenzerwald in Richtung

Lombardei, nach Mailand, Venedig und Triest, nach Prag, Budapest und Wien.

Weil der Käse auch in wärmere Gegenden verkauft wurde – nach Italien –, und weil es noch keinen Kühlschrank gab, mußte er besonders gut bearbeitet und behandelt werden: monatelang wurden die Laibe gelagert und jeden Tag mit Salzwasser gewaschen, bevor sie exportiert wurden.

Ursprünglich wurde nur im Sommer, auf den Alpen, Käse produziert. Das gute Geschäft brachte die Bauern dazu, mehr und mehr Milch zu erzeugen und auch die Wintermilch zu verkäsen. «Hochleistungskühe» wurden angeschafft, sie bekamen spezielles Kraft- und Silofutter zu fressen. Aber ein guter Käse ist sehr sensibel und läßt sich das nicht gefallen. Wenn die Qualität der Milch schlechter wird – und durch Hochleistungen wird sie schlechter –, wird auch der Käse schlechter. Aus Silofutter-Milch kann man überhaupt keinen Berg- oder Emmentalerkäse herstellen. Im Bregenzerwald ist deshalb die Fütterung von Silofutter in allen Bauernhöfen, die Milch in eine Hartkäserei liefern, verboten.

«Früher, in den fünfziger und sechziger Jahren, hat es nur vier Alpen gegeben, auf denen im Vorderen Bregenzerwald nicht gesennt wurde. Jetzt gibt es noch vier Alpen, auf denen gesennt wird», erzählt Schniders Albert, der jetzt 77 Jahre alt ist und seit seinem neunten Lebensjahr im Sommer immer auf der Alpe war. Jetzt wird die Milch von den Alpen jeden Tag in die Molkerei ins Dorf gefahren. Von den vier Molkereien in Langenegg ist eine einzige übriggeblieben. Dieselbe Entwicklung wie überall: Rationalisierung, Zentralisierung, Erhöhung des Umsatzes.

Die meisten Bauern blieben den ganzen Sommer über im Lecknertal, weil es dort mehr zu tun gab als im Dorf: sennen, heuen, Weiden aufräumen, Wege richten. Nur zum Heuen ging man im Spätsommer nach Langenegg, wenn nicht mehr jeden Tag gesennt wurde. In der Früh zu Fuß ins Dorf, drei, vier Stunden, und am Abend wieder zurück auf die Alpe.

Ende August gab es im Gasthaus Höfle beim Leckersee ein Fest für die Leute auf der Alpe, mit Musik und Tanz – die Kilbe.

«Ab dann», erinnert sich die Frau von Hans-Peter Eugster, «hat man weniger Arbeit gehabt. Die Kühe haben weniger Milch gegeben, das Heu war schon gemacht. So hat man sich am Abend gegenseitig auf den Alpen besucht. Ein-, zwei-, dreimal die Woche».

Man schickte Juchzer und Johler zu den Nachbarn, saß zusammen in der Stube, hat «Fäden gefressen». Ein Spiel, bei dem zwei Partner einen Faden in den Mund nehmen und langsam aufessen, bis sich die Münder berühren.

«Aber Verhältnisse hat es keine gegeben bei diesen Zusammenkünften», wehrt Frau Eugster ab. Man kannte sich gut, man hat sich mögen, aber es gab keine Liebesgeschichten.

Ein beliebtes Spiel war auch das Nadelsuchen. Eine Nadel wurde versteckt, und jemand mußte sie suchen. Mit dem Fotzhobel, der Mundharmonika, wurde der Suchende zum Versteck geleitet: tiefe Töne waren ein Zeichen dafür, daß man sich immer weiter von der Nadel entfernte, hohe Töne bedeuteten, daß man näherkam.

Auf der Nachbaralpe der Eugsters, «im Sura», war ein Pfister, der konnte Ziehharmonika spielen. «Man ist dagesessen und hat zugehört, oder wir haben getanzt. Ein Grammophon gab es auch. Aber Ziehharmonika war besser, lebendiger», erinnert sich Frau Eugster. Im Vorsommer – vor der Kilbe – ging man manchmal am Nachmittag zu den Nachbarn auf Besuch in die Stube, zur «Stubat», wie es heißt. Im Nachsommer abends. Diese «Nachtstubaten» dauerten bis Mitternacht. Dann ging man wieder heim.

Heute gibt es das alles nicht mehr. «Das Auto hat alles verändert,» meint Frau Eugster ein wenig bedauernd. Das Auto habe die Entfernungen schrumpfen lassen und die Menschen auseinandergebracht. Jetzt fährt man jeden Tag zwischen Alpe und Dorf ein und aus.

Auf der Alpe, in der Mitte der Senn Schniders Albert

Auf der Alpe

Zwei Sennen

Arbeitspause auf der Alpe

Josef Nußbaumer

Zwei Pfister beim Alpabzug

Auf einer Alpe im Lecknertal

Auf der Alpe Krähenberg, vorne liegend der Photograph Konrad Nußbaumer
(Anfangs 40er Jahre)

Die Gemeindesekretärin

Ihre Wohnadressen lesen sich wie ein Führer durch die Nobelhotels der Schweiz: Belvedere, Lausanne; Palace-Hotel, Montreux; des Palmiéres, Lausanne; Kursaal de Montreux; Schwanen, Rapperswil.

Wer es sich leisten konnte, in den zwanziger und dreißiger Jahren in diesen Palästen zu wohnen, mußte wohlhabend sein, sehr wohlhabend. Pirmina Schwärzler – Mina, wie sie von Freunden genannt wurde – war hier zuhause. Nicht als Gast, sondern «zu Diensten», wie es in dem Dutzend Zeugnissen heißt, die ihr von den Besitzern der Hotels ausgestellt wurden.

Mina war Buffethilfe, 2. Gouvernante, Dame de buffet, Fille de salle oder schlicht: Servierfräulein.

Frau Schwärzler hat Buch geführt in dieser Zwischenkriegszeit. In einer dicken Mappe liegen Werbebroschüren und Ansichtskarten. Vorne die großartigen Ansichten von Hotel-Palästen und auf der Rückseite Bemerkungen von Pirmina Schwärzler. «In diesem wunderschönen Hotel wäre ich beinahe verhungert, so schlecht war das Essen», schrieb sie über das Hotel Paix in Lausanne.

Die Not im Dorf trieb sie von zu Hause fort. Weil sie ein lediges Kind war und die Mutter bettelarm, mußte sie «in die Fremde», wie man im Dorf sagt.

«Ich habe so viele Anfänge in meinem Leben gemacht», hat sie in ihr Tagebuch geschrieben, das sie mir in die Hand drückte.

Ein paar Tage nach Kriegsende kam sie nach Hause von ihrer Dienstboten-Reise, ungern und «mit weinendem Herzen» und wurde, weil sonst niemand da war, Gemeindesekretärin. Vier Bürgermeister lang oder umgerechnet 38 Jahre hat sie für die Gemeinde Briefe geschrieben, telefoniert, geordnet und in Ordnung gehalten.

«Nicht so nahe, nicht so nahe» – mit ihren langen, schmalen Fingern hält sie den Photoapparat auf Distanz – «aus dieser Nähe ist nur meine große Nase im Bild.» Sie kämmt sich die Haare, setzt sich fürs Photo zurecht: Ernsthaft und feierlich sieht sie aus. Photographiert worden ist sie häufig in ihrem Leben: Mina in Zimmermädchenkleidung, Mina mit weißer Schürze im Kreis von Arbeitskollegen, Mina im mondänen Pelzmantel, Mina im Badeanzug mit ihrem geliebten Albert, Mina mit Grandhotel im Hintergrund, viele, viele Albumseiten voll.

Jetzt ist sie 91, abgemagert, spindeldürr. Ihre ehemals weite Welt ist zusammengeschrumpft wie sie selber: sie hat sich zurückgezogen auf ein Bett im Wohnzimmer ihrer uralten Holzhütte. Hier liegt sie, lacht sie, schläft und ißt.

Von hier aus unternimmt sie phantastische Reisen nach überallhin. Arrangiert von ihrem Bett aus die Welt neu, nach ihren Vorstellungen, schneidet aus Zeitungen und Zeitschriften Menschen, Tiere und Landschaften, klebt sie auf Papierbogen, legt sie ab in Aktenordner. In Minas Arrangements hat der Papst nichts gegen Fidel Castro als Nachbar, und Lady Di kann sich durchaus für Clark Gable erwärmen; Charles hat überhaupt nichts dagegen zu sagen, Mina hat ihn einfach weggeschnitten. Den Frieden stellt sie mit ein paar Scherenschnitten her: Cruise Missiles werden in Schnipsel zerlegt und landen auf dem Fußboden, unbrauchbar für jeden kalten Krieger.

Jeden Tag kommt der Briefträger vorbei, bringt Post oder auch nur ein paar Scherzworte. Besuch erhält sie von einer Wildkatze, die am Fliederbaum und an den Holzschindeln hochklettert, durchs Fenster hereinspaziert und Minas Zimmer als zeitweiliges Zuhause benützt.

Jeden zweiten Tag kommt eine Frau, die ihr Essen bringt, aufräumt und nach dem Rechten sieht.

«Ich habs schön gehabt in meinem Leben», sagt sie, «ich nehme keinen Tag zurück». So wirkt sie auch: fröhlich und zufrieden und mit einem Juchzen, wenn ihr danach ist.

Tagebuch, Briefe und Erzählungen von Mina Schwärzler

«Ich bin 1895 geboren. Ein Kind der Liebe, ein uneheliches Kind. Damals ein lediges Kind haben, war nicht einfach. Meine Mutter hat mit drei Geschwistern hier in diesem Haus gewohnt. Ich wundere mich heute noch, daß sie wegen mir nicht hinausbugsiert worden ist.

Sechs Jahre Schule. Mit zwölf mußte ich arbeiten gehen, in eine Villa nach Dornbirn, als Küchenhilfe, und Kühe hüten. Von dort kam ich in eine Bäckerei und Handlung als Lehrling, meine Tante Babetta war in diesem Haus Köchin. Als sie starb, ging ich weg – ins Gasthaus Storchen nach Bregenz, als Küchen-Lehrling. Ich mußte im Speisesaal helfen, Offiziere bedienen. An einem Sonntagvormittag verließ ich das Haus in aller Stille, fuhr in die Schweiz nach St. Gallen ins Blaue. Ich war zu jung, um mir viel Gedanken zu machen. Mir war zu eng, ich wollte weg, die Welt sehen. Arbeiten hatte ich gelernt, fand auch gleich eine. Am Montag saß ich schon in einer Stickerei.

1917, drei Jahre später, eine Postkarte an die Mutter:

«Liebste Mutter. Kann Dir Bericht geben, daß ich wieder Glück gehabt habe. Bin jetzt im Hotel Schwanen in Rapperswil am Zürichsee. Ein richtiges Grand-Hotel mit einer Schweizer Fahne auf dem Dach.»

Ich war dort am Buffet 2. Hilfe. Jede Woche zwei bis drei Hochzeiten von Einsiedeln kommend. Der Schwanen war ein sehr teures Hotel, alles vom Feinsten. Wir hatten sehr gut zu essen, Eis und Torten in Hülle und Fülle.

Dîner, Le Decembre 1917:

Potage savoyard
Mayonnaise de poisson à la Russe
Longe de veau rotie
Haricots verts sautés au beurre
Salade
Pudding Brésilien

Viel Essen landete im Abfall, als lebte man im Überfluß. Dabei war Krieg, wo so viele Hunger leiden. Ich dachte oft an zuhause. Meine Mutter hätte den ganzen Monat leben können von dem Essen, das hier an einem einzigen Tag weggeworfen wurde.

Leider machte der Chef kurze Zeit nach meiner Ankunft Pleite. Wir alle mußten auseinander.

Montreux, im März 1918:
Von Bern kommend mit dem Eilzug kam ich zu Mittag im Hotel Kursaal an. Vier andere Mädchen saßen schon da, bewarben sich auch um eine Stelle. Nach einer Stunde banger Wahl konnte ich zum großen Staunen ausatmen, da ich gut Schriftdeutsch sprach.

In Bern hatte es große Flocken geschneit, nach eineinhalb Stunden Fahrt – in Montreux – kam ich in den Frühling. Ich schrieb der Mutter, ich sei ins Paradies gekommen. Alles blühte, im Kurgarten waren Pfirsichbäume mit rosa-roten Blüten. Viele tropische Pflanzen. Ich war dort 2. Buffet-Hilfe, nebenbei auch in der Büglerei, zusammen mit einer Elsässerin, die französisch konnte. Wir hatten leider keine Zeit, miteinander zu sprechen.

Da war auch eine Spielbank. Auf den Gesichtern konnte man gleich sehen, ob gewonnen oder verloren.

Es war ein sehr gutes Haus, genügend zu essen, aber eine scharfe Hausordnung, preußisch. Wir Angestellten mußten uns mit «Sie» anreden, wenn wir überhaupt reden durften. 13 Monate war ich in diesem Kursaal-Gefängnis. Man sprach kaum französisch, auch außer Haus wollten alle nur Deutsch sprechen. So reiste ich weiter nach Genf, um Französisch zu lernen. Ich fand eine Pension. Es war ideal für mich. Man sprach alles, nur nicht Deutsch.

Ich war nur zwei Monate dort, bis etwas Mysteriöses passierte: Der Mann der Herrschaft lebte in Paris, zusammen mit der Tochter und zwei Söhnen. Alle vier starben innerhalb von zwei Tagen. Zuerst der Mann, dann die Tochter. Die beiden Söhne begingen Selbstmord. Da zog die Frau nach Paris, aus Kummer.

Zwischen den Tagebuchblättern liegt ein Zeugnis:
Mina Schwärzler hat als Zimmermädchen gearbeitet, sie ist sehr geschickt und arbeitsam, treu, und hat unser ganzes Vertrauen. Mit großem Kummer sehe ich mich gezwungen, mich von ihr zu trennen aufgrund meiner Familienverhältnisse, und ich kann sie wärmstens empfehlen.
Genf, am 19. Jänner 1921

Mein erster Schatz Georg hat ebenfalls Selbstmord begangen. Ich wollte im Herbst heiraten, da hat mein Verlobter sich von einem hohen Haus in die Tiefe gestürzt wegen Kummer im Büro. Ein Arbeitskollege hat ihn zu Tode geärgert, sagten die Freunde von ihm. Er arbeitete im Stadt-Büro in Genf, da hat man ihm Papiere entwendet, um ihm zu schaden. Jedenfalls glaubt das sein Chef. Welche Schlechtigkeit! Aber es ist so.

Ich wollte nicht mehr in Genf bleiben und ging nach Lausanne. Dort hab ich dann ihn kennnengelernt. Ihn, Albert.

Es war Karfreitag. Ich war mit einer Freundin nach Lausanne gefahren. Wir haben gesagt: wir arbeiten an Ostern nicht, wir feiern ein paar Tage. In Lausanne sind wir in eine Metzgerei gegangen. Die Chefin wollte eine Aushilfe über Ostern und meine Freundin sollte sofort anfangen. Gegenüber der Metzgerei war ein Gasthaus. Dort hab ich ein Bier getrunken. Sie suchten eine Bedienung. Ich hab ja gesagt, wollte nur über Ostern bleiben. Dann sind 13 Monate daraus geworden. Albert, der Pächter des Wirtshauses, und ich, sind ein Paar geworden. Geheiratet haben wir nicht.

Ich habe in meinen Leben zwei Schätze gehabt, zwei große Lieben. Die anderen waren, ach, es ist nicht der Rede wert.

Albert war Franzose. Die Franzosen sind nicht treu. Ich wußte das, aber ich habe ihn trotzdem geliebt. In Frankreich gehört der Samstag immer den Männern, da haben die Frauen nichts zu sagen. Man muß froh sein, wenn sie am Samstag gehen und am Sonntag wiederkommen. Albert hat mich oft betrogen. Er wollte nicht heiraten. Ich konnte nicht. Wenn man im Hotel arbeitet, kann man nicht heiraten. Ich wäre gern nach England gegangen, die Sprache besser lernen. Aber Albert war dagegen. Er sagte: Du bleibst da.

Einmal bin ich mit Albert nach Paris gefahren. Zur Weltausstellung. Anschließend nach Bordeaux. Albert kannte einen Chef, bei dem er früher Kellner war. Von dort aus sind wir ans Meer, zwei, drei Wochen in einen kleinen Ort, wo es nicht so teuer war.

Die Franzosen sind ganz anders als die Deutschen. Sie sind lustig, reden mit jedem. Die Deutschen, die sind mehr für sich.

Abends war viel los bei uns im Gasthaus, weil ein gutes Kino in der Nähe war. Wir hatten einen alten Kellner, sehr gut, aber ein ziemliches Luder, einen Office-Burschen, eine Köchin, Albert und ich.

Nach 13 Monaten ging ich weg von Albert. Ich hatte genug von der Wirtschaft. Ich hab den Haushalt geführt und keinen Lohn bekommen.

1922–1924, Palace-Hotel Montreux:
Ich war zuerst 2. Magazin-Hilfe, zwei Jahre lang. Ich hatte vormittags frei, konnte gondeln gehen im Sommer. Im Winter habe ich englische Stunden genommen, so zum Zeitvertreib, was mir später sehr von Nutzen war. Es ist ja herrlich, wenn man andere Leute versteht, man hat dann viele schöne Stunden damit.

Weil ich schon ziemlich gut Englisch sprach, wollte ich es auch benützen, wechselte zum Service. Es wurden vier Sprachen verlangt: Englisch, Französisch, Italienisch, Deutsch. War sehr anstrengend am Anfang, übers Italienische hab ich mich drübergeschwindelt. Das Menu war immer so eine Sache. Weil viel Diät gekocht wurde, mußte man die Speisenzubereitung kennen und meistens auf die Zimmer servieren.

Ein einziges Mal hatte ich Heimweh. Nicht nach Langenegg, sondern nach Lausanne. Es war in Vallorbe, ein kleines Nest vor der französischen Grenze. Alle kannten sich dort. Die einzigen Ausländer waren ein Gendarm und ich. Man war nicht nur fremd dort, man fühlte sich auch so. Ich ging nach 14 Tagen auf Nimmerwiedersehen.

1924, Hotel du Chateau, Lausanne-Ochy:
Ich war am Ende der Saison als Dolmetsch und Bedienung. Es war ein sehr teures Restaurant, am Schiffshafen gelegen. In den Bediensteten-Zimmern

konnten wir nachts das Wasser plätschern hören, das war eine Sensation für uns. Wir hörten dann auch gerne die Liebesgespräche von den Gondeln, all die kleinen Lügen.

1925–1927, Hotel Alexandra, Lausanne:
Ein elegantes, schönes Familien-Hotel, sehr gute Verpflegung. Dort war ich in der Büglerei tätig. Es ging streng her, da man noch gestärkte, schöne Leibwäsche hatte mit echten Spitzen und Falten. Handgefaltet. Es war sehr schwer zu bügeln, da dieselben oft nicht aufeinander paßten. Auch die gestärkten Herrenhemden waren ein eigenes Problem mit ihren Manschetten und Kragen. Da war die 1. Büglerin zuständig, ich war die 2., mußte aber der 1. viel helfen, da sie nicht nachkam.

Wehe, wenn etwas angebrannt war, das mußte vom Hotel ersetzt werden. Man hatte noch keine elektrischen Eisen, nur die schweren Kohle-Eisen.

Im 2. Stock eines großbürgerlichen Hauses hatten wir alle ein Zimmer gemietet. In der Freizeit gingen wir dorthin, verbrachten schöne Stunden bei Wein und gutem Essen. Auch Albert, mein Schatz, war immer dabei. Da konnten wir ruhig einmal länger feiern, nicht nur bis 23 Uhr.

1927–1929, Hotel des Palmiéres, Lausanne:
Das Palmiéres war ein Traum von einer Stelle, war zweimal dort, einmal am Buffet und als Zimmerbedienstete. Alle Abende Konzert, alle 14 Tage eine neue Besetzung. Da war ein Pianist, er machte mir schöne Augen und ich sah sie mir gerne an. Albert war sehr eifersüchtig.

1930–1933, Hotel Britannia, Lausanne:
Der Chef war ein Italiener, sehr gute italienische Küche mit Pilzen, viel Tomaten und Nudeln. Als Gäste waren hauptsächlich Engländer und Amerikaner. Man konnte den ganzen Winter durch Englisch reden mit den Gästen.

Ich ging weg vom Britannia, weil der Chef so ein Schludriwudri war, er konnte nicht treu sein. Er versuchte es bei allen Frauen, seine Frau und seine Töchter litten sehr darunter. Es war nicht mehr mit anzusehen.

Eine Postkarte von Mina Schwärzler an ihre Mutter Elisabetta:
Liebe Mama!
Die besten Grüße aus dem schönen Schweizerland, da wo die Trauben reifen und die Sonne heißer brennt.

1934–1940, Hotel Belvedere, Lausanne:
Ruhige Lage, prächtige Aussicht auf See und Alpen. Eingerichtet mit neuestem Komfort. Diät auf Wunsch. Auto-Garage.
Tarif: Zimmer mit Bett von 3 frs. an

Frühstück	frs. 1.25
Lunch	frs. 3,–
Diner	frs. 4,–

Im Belvedere war ich viele Jahre.

Zum Schluß wurde Militär einquartiert, lauter Offiziere mit ihren Untertanen. Ich war die einzige Ausländerin. Man fühlte sich wie in einer Kaserne. Wenn man später als 23 Uhr ins Haus wollte, mußte man sich ausweisen, wo man gewesen war und mit wem. Wir waren wie Gefangene. Man konnte diese Prozedur mit Tricks umgehen, aber es war nicht einfach.

1940, Lausanne:
Eines Tages fielen Bomben in der Nachbarschaft. Alles flüchtete in die Berge. Man konnte nicht mehr nach Hause schreiben und kein Geld mehr schikken. Als Frankreich von den Deutschen besetzt wurde – im Mai 1940 – ging ich nach Österreich zurück. Ich würde dort wohl auch Arbeit finden.

1940, Bregenz am Bodensee:
Am 13. September 1940 starb Albert (Herzschlag), da war ich in Bregenz auf dem Pfänder, voll beschäftigt. Man schrieb es mir erst im Oktober, das war gut so . . .

1941, Egg im Bregenzerwald, wenige Kilometer von zu Hause:
Hier wurde für das Militär genäht, zwei Lokale voll Arbeiterinnen und Schneider. Etwa 50 Leute vom Arbeitsdienst, deutsche und polnische Mädchen, und wir aus der Umgebung.

Da war eine Ukrainerin, 13 Jahre alt, mit traurigen Augen. Sie weinte oft stundenlang vor Heimweh. Man hatte sie einfach vom Feld weg hierher verschleppt. Sie wußte nicht, ob ihre Eltern noch leben. Man konnte ja nicht schreiben.

Da war eine zweite Ukrainerin, auch noch ein Kind. Die wurde auch direkt vom Feld weg nach Deutschland gebracht. Ich mußte sie oft trösten.

Ich weiß nicht, was aus ihnen geworden ist.

Ich mußte an der Achselklappen-Maschine arbeiten. Achselklappe um Achselklappe. Ganze Armeen von Achselklappen. Ich hab mir immer die

Männer dazu vorgestellt, die in diese Uniformen gesteckt werden. Männer, Tote, Tote.

1945, Langenegg:
Am 1. Mai war der Krieg aus. Ich ging zurück nach Langenegg. Man holte mich zum Dolmetschen für die marokkanische Besatzung. Es war mir sehr unangenehm, mitgehen zu müssen in die Häuser der Leute. Die Marokkaner hatten immer Listen von Leuten dabei, wo etwas zu holen war: Hühner, Schafe, Lebensmittel. Auch auf Uhren und Gewehre waren sie sehr scharf.

Damals, am Kriegsende, war Schwarz Lois Bürgermeister. Er blieb nur kurze Zeit, da er ein eigenes Geschäft eröffnete. Eines Samstags sagte er zu mir – ich höre es noch heute, so sehr bin ich erschrocken: «Mina, am Montag mußt Du alles allein machen, da bin ich nicht mehr da.»

Ja, wie soll das gehen, ich kann das doch gar nicht.

Am selben Tag begann ich zu üben auf der Schreibmaschine. Ich habe mich an vieles gewöhnt, habe schon so viele Anfänge in meinem Leben gemacht. So war ich quasi Bürgermeisterin für kurze Zeit.

Später kam dann der neue Bürgermeister Josef Anton Bechter. Wir mußten 200 Flüchtlinge, 700 Einwohner und die französische Besatzung mit den Marokkanern verpflegen.

1972 kam dann eine Sekretärin, ich ging in Pension mit 76 Jahren, arbeitete aber noch weiter mit ihr.

Ich habe für vier Bürgermeister gearbeitet: Schwarz Lois, Bechter Anton, Steurer Otto, Bechter Alois. 1981 gab ich endgültig auf bis auf einige Stunden, die ich als Einkäuferin für die Sekretärin arbeitete.

Langenegg, den 16. Oktober 1983
Ich höre auf zu arbeiten. Meine Kräfte beginnen zu schwinden, ich bin jetzt 88 Jahre. Bald wird alles vorbei sein.

Langenegg, den 14. Dezember 1986
Pirmina Schwärzler ist heute gestorben.

Die Gemeindesekretärin Pirmina Schwärzler (Ende 30er Jahre)

Elisabetta Schwärzler, Mutter von Pirmina (Ende 30er Jahre)

Die Fremdländischen

Aus Galizien

Er heißt Miron Gural, ein ungewöhnlicher Name für einen Bauern von Langenegg. Er ist in einem Dorf in der Nähe von Lemberg aufgewachsen, Rybczici hat es geheißen, so groß wie Langenegg, mit 600 Einwohnern, lauter Bauern.

In der Schule hat Miron Gural polnisch gelernt und ukrainisch, zuhause waren drei Schwestern, der Vater, die Mutter und er. So wie in Langenegg waren die Leute sehr fromm.

Die Landschaft war flach in Rybczici, nicht so hügelig wie in Langenegg. Die Bauern haben Roggen angebaut, Weizen, Hafer, Gerste, Hirse, Mais, Kartoffeln, Runkeln. Zuhause hatte man zwei Kühe und zwei Rosse. Geld war wenig zur Verfügung. Man mußte Getreide verkaufen, um Kleider oder Schuhe zu bekommen.

In Rybczici gab es andere Bräuche als in Langenegg, eine andere Kocherei, die Arbeit war anders, es war dort viel luftiger und kälter im Winter.

Heimweh hat er keines, nein, überhaupt nicht. Die Zeiten waren immer schlecht in Rybczici, schon damals, als es polnisch war. Dann sind die Deutschen gekommen, 1939, die sind dann aber zurück, und dann sind die Russen gekommen und dann wieder die Deutschen.

Es waren immer schon schlechte Zeiten in Rybczici, aber unterm Hitler war es besonders schlimm, es gab nichts zum Essen und zum Verdienen.

Im November 1941 haben die Deutschen Arbeiter gesucht zum Flußregulieren. Er hat sich freiwillig gemeldet, weil es geheißen hat, man bekommt zu essen, Kleidung und ein paar Zigaretten. Zwanzig Jahre alt war er damals. Aus dem Dorf haben sich 32 Burschen gemeldet. Aber es war so schlecht, es war fast nicht zum Aushalten. Eiskalt, eineinhalb Meter Schnee und eine blaue, dünne Arbeitskleidung mit einer weißen Kappe, wie KZ-Häftlinge.

Sie haben in einer deutschen Kolonie geschlafen, da waren deutsche Bauern. Aber es gab wenig zu essen, sie hatten Hunger wie Wölfe, es war immer zu wenig.

An Weihnachten sollten sie zwei Wochen Urlaub haben. Da hat es geheissen, es gibt einen freiwilligen Arbeitstransport mit der Bahn nach Deutschland. Da haben alle beschlossen, sie fahren weg, sie wollen nicht mehr in

Rybczici bleiben und nicht mehr beim Arbeitsdienst. Schlechter als jetzt kann es nicht mehr werden.

Sie haben nichts bezahlt für die Bahn. Es hat geheißen, sie fahren drei Tage lang und sie fahren nach Deutschland, aber es war nicht Deutschland.

Zwölf Tage sind sie gefahren von Przemysl nach Wien. Sie haben nur Essen für drei Tage gehabt, und sie sind zwölf Tage unterwegs gewesen.

In Wien sind sie entlaust worden, zwei Tage lang, sie mußten alle Kleider ablegen und die Schuhe auch. Miron Gural hatte so schöne Stiefel. Wie die aus der Entlausung gekommen sind, aus dem Ofen, waren sie hin, zu klein, zu hart, nicht mehr zum Anziehen.

Eine ganze Nacht sind sie nackt in einem großen Gebäude geblieben, dann hat man ihnen die Kleider aus dem zweiten Stock in den Hof hinunter geworfen. Alles, was er dabei hatte, war eine Ersatzhose. Sie sind weiter gefahren nach Innsbruck, dort bekamen sie zu essen, und dann nach Bregenz in das Kloster Mehrerau. Dort gab es Weißbrot und Würfelzucker und Würste, haufenweise. Die Patres hatten mehr als genug zum Essen, so als würden sie im Überfluß leben.

Dann sind sie zum Arbeitsamt geschickt worden. Dort hat es geheißen, sie kommen in ein Dorf, zu Bauern, nach Langenegg. Wie er Hunger gehabt hat, ist er in eine Bäckerei, aber er hat nur ein paar Pfennige gehabt und keine Lebensmittelkarte.

Ohne Lebensmittelkarte hat man kein Brot bekommen, aber da war eine Verkäuferin, die hat ihm einen Laib Brot zugesteckt, «da, nimm!». Später dann hat er gesehen, daß diese Verkäuferin aus Langenegg war, aus der Nachbarschaft von dem Bauern, wo er gearbeitet hat.

Mit dem Wälderbähnle sind sie - 10 oder 12 Polen - nach Langenegg gefahren. Dann zu Fuß zum Gasthof Hirschen. Es war im Februar 1942. Da sind die Bauern gestanden und haben auf sie gewartet: «Du da, Du kommst mit mir», hat einer zu ihm gesagt.

Miron Gural hat Glück gehabt. Er ist zum Vater von Lässers Leo gekommen, der war der einzige Bauer, der beim Hirschen Käse und Brot dabei gehabt hat und ihm zu essen gegeben hat. Von Lässers Leo der Vater war ein feiner Mann. Der konnte Russisch, weil er im Ersten Weltkrieg nach Sibirien gekommen ist, nach Tomsk. Der hat gewußt, was es heißt, wenn man in der Fremde lebt.

Man hat sechs Kühe gehabt und ein Roß. Die Arbeit war dieselbe wie in Rybczici, Bauernarbeit halt. Vier Jahre ist er beim Lässer geblieben. Am Anfang hat er nur wenige Worte gesprochen: Essen, Kuh, Brot, Messer,

Gabel, Wasser. Mit anderen Polen ist er am Wochenende in die Nachbardörfer gefahren, hat dort Bekannte besucht.

Im Jänner 1943 ist er nach Hause gefahren, er hat drei Wochen Urlaub bekommen. Man hat eine Bürgschaft gebraucht dafür, daß man wegfahren durfte. Ein Geschwisterkind von ihm, der auch in Langenegg war, hat ihm Bürge gemacht. Daheim in Rybczici war es so, wie es immer gewesen ist. Wenig zum Essen und alles ganz fürchterlich.

Dorthin will er nicht mehr. Jetzt ist alles russisch. Zwei Schwestern von ihm leben noch dort. Sie schreiben sich manchmal.

Er hat hier in Langenegg seine Frau kennengelernt, hat geheiratet, lebt jetzt hier als Bauer, hat drei Kinder, ihm geht es gut.

Aus Südtirol

Sie haben deutsch gesprochen und einen deutschen Namen gehabt – Maurer – und in Italien gewohnt. Sie waren Südtiroler in Welsberg, in der Nähe zu Osttirol. Der Vater war Straßenarbeiter, die Mutter Hausfrau, und drei Kinder waren da, Erich, Anna und Franz. Wie die Faschisten gekommen sind, der Mussolini, ist alles italienisch geworden. 1933 sind die deutschen Lehrer weggekommen, dann die Eisenbahner, dann die Straßenarbeiter.

Deutschsein war eine Schande, man wollte aus den Deutschen gute Italiener machen. Maureri sollten sie jetzt heißen.

1934 hat man dem Vater gesagt: Entweder gehst du nach Süditalien oder du wirst entlassen.

«Unsere Familie ist in die Abruzzen versetzt worden», erzählt die Tochter Anna, «auf die Adria-Seite, 20 Kilometer vom Meer entfernt.» Familie Maureri bekam ein Straßenwärterhaus zugeteilt, zusammen mit einer anderen Familie. Den Kindern hat es gefallen, nur die Mutter war arm dran, sie konnte kein Wort Italienisch.

Die Leute in den Abruzzen waren bitterarm, es waren Bauern, die Familie Maurer waren dort unten die Herren, weil der Vater regelmäßig ein Gehalt bekommen hat.

Sie blieben bis Jänner 1940 in den Abruzzen. Dann kam das Hitler-Mussolini-Abkommen. Im Radio hörte der Vater die Parole «Heim ins Reich» und daß die deutschsprachigen Italiener in Österreich oder Deutschland mit offenen Armen aufgenommen werden. Nach Südtirol zurück wollten sie nicht mehr. Da wurde man «niedergedruckt» als Deutscher, von den italienischen Faschisten verprügelt.

Der Vater schrieb an das deutsche Konsulat nach Rom. Die Ausreise wurde genehmigt. So ist die Familie Maurer nach Langenegg gekommen. Dort waren schon andere Südtiroler: die Egger, Saltuari, Gioia. Sie wurden beim Hirschenwirt einquartiert, haben dort auch gegessen. Der Vater und die Mutter haben dann den Hirschenwirt bekniet, er solle ihnen sein zweites Haus vermieten.

Der Vater wurde gleich angestellt als Straßenarbeiter. Man mußte keinen Hunger leiden.

«Am Anfang», beschreibt Anna Maurer, «waren die Leute in Langenegg sehr wälderisch: abweisend gegenüber Fremden oder Gästen, sehr konservativ.» Wer kein Bauer war und keine Kuh gehabt habe in Langenegg, der sei fast kein Mensch gewesen, ein dahergelaufener Bettler. Wer angestellt war wie der Vater, der sei ein Niemand gewesen.

Nach und nach wurden die Maurers aufgenommen in die Dorfgemeinschaft. Die Mutter und die Kinder haben den Bauern viel geholfen bei der Arbeit, das hat sie überzeugt und freundlicher werden lassen.

Anna Maurer ging während des Krieges in die Lehrerbildungsanstalt nach Feldkirch, hat im Februar 1945 Matura gemacht, Franz besuchte die Handelsakademie in Bregenz und Erich war daheim in Langenegg.

Der Vater war ein bißchen hitlerisch, aus Dankbarkeit, weil die Deutschen es ermöglicht haben, aus Italien wegzukommen. Er war Kassierer bei der Nazi-Organisation Winterhilfswerk.

In Langenegg erzählen die Leute, die Maurers seien zwar zu den Nazi gezählt worden, aber sie seien anständig gewesen. Hätten nie jemand geschadet oder jemand etwas zuleide getan.

«Aber nach dem Krieg», erzählt Erich Mauerer, «wollten sie uns verjagen nach Deutschland. Den Vater hat man wegen seiner Kassier-Tätigkeit für das Winterhilfswerk für einige Zeit in ein Straflager geschickt.»

Später dann wurde zwischen Österreich und Italien ein Vertrag ausgehandelt, das «Gruber-De-Gasperi-Abkommen». Die Südtiroler in Österreich durften wählen, ob sie wieder zurückkehren wollten oder nicht. Die Mutter, der Vater und Franz bekamen die italienische Staatsbürgerschaft, Anna die österreichische, weil sie geheiratet hat, und dem Franz wurde ein deutscher Paß ausgestellt, weil er eine Zeitlang nach dem Krieg in Deutschland gearbeitet hat.

Bis 1957 haben Vater und Mutter Maurer in Langenegg gewohnt und sind dann zu ihren Kindern gezogen, die alle ins Montafon übersiedelt waren.

Nach Südtirol zurück wollen sie alle nicht mehr.

127

Frau Gioia, eine Südtirolerin (Anfang 40er Jahre)

Die Südtiroler Familie Maurer (während des Krieges)

Der Hirschenwirt

An diesem Abend war sie Frieda, ein elternloses, armes Mädchen. Hemmungslose Rührseligkeit sollte sie spielen. Für Herrn Rudolf Bader, Leiter der «Dilettantengesellschaft Langenegg», war es immer noch zu wenig. Er mäkelte an der Rolle herum, sie wollte ihm gar nicht gefallen.

Aber schließlich war ja Generalprobe für das Schurkenstück «Rosa von Tannenburg», das zwei Tage später, am Ostermontag 1928, in Langenegg im Gasthof Hirschen aufgeführt werden sollte. Und Generalproben haben nun einmal, wie selbst Dilettanten wissen, danebenzugehen.

«Frieda» oder Erna, wie das gar nicht arme Mädchen ohne Verkleidung hieß, war mit ihrem schlechten Auftritt bei der Generalprobe zufrieden. Die Premiere würde also ein Erfolg werden. Sie konnte mit ihrem Vater, dem Dilettantenleiter, beruhigt nach Hause gehen und sich schlafen legen.

Doch das Erwachen sollte schrecklich sein.

Die Mama habe geklopft und gerufen, erzählt Erna Bader. Taghell sei es im Zimmer gewesen, taghell sei es draußen gewesen, rötliche Helle und überall Lärm und Geschrei und Rauch. Erna Bader sprang aus dem Bett in rabenschwarze Bewußtlosigkeit.

Daß sie beim Umfallen neben das Wärmeloch fiel, mit dem warme Luft vom unteren ins obere, in ihr Zimmer, geleitet wurde, rettete ihr das Leben. Die Mutter bekam einen Fuß von ihr zu fassen und zerrte sie durchs Loch, einen Stock tiefer und aus dem Haus.

Erna wachte zum zweiten Mal auf und glaubte, sie habe einen bösen Traum. Sie lag in der Wiese unter einem Apfelbaum. Vor ihr das Haus, in dem sie sich doch gerade erst schlafen gelegt hatte. Das Haus brannte. Himmelhoch schlugen die Flammen aus allen Fenstern, aus dem Dach, aus der Türe, Funken stoben, entsetzliches Gebrüll von vier Kühen, die gerade verbrannten. Menschen, die dastanden und in das Feuer starrten, Menschen, die herumrannten und versuchten zu löschen, wo jeder Versuch zum Löschen aussichtslos war.

Wo war der Vater, die Mutter, die zwei Geschwister? – Gott sei Dank, der Vater war da, die Mutter war da. Aber zwei Geschwister fehlten. An den Gesichtern der Umstehenden sah sie, warum sie fehlten.

Sie waren im brennenden Haus.

Vier Tage lang brannte und gloste das Feuer. Das fast neue Haus, der Stall mit dem Vieh, die Schuster-Werkstatt; Hunderte von Schuhen, die extra fürs Ostergeschäft eingekauft worden waren; Antiquitäten, die der Vater auf seinen Reisen zusammengekauft und mit nach Hause gebracht hatte; das schöne neue Badezimmer, das erste und einzige, das es damals in Langenegg gab; alles, alles brannte ab. Kein Bett, keine Kleider, kein Geschirr, nichts zu essen – alles verbrannt.

«8. April 1928: Die Kinder Katharina, 14 Jahre, und Josefpeter Bader, 11 Jahre, sind beim Brand des Hauses von Rudolf Bader als verkohlte Leichen gefunden worden», vermerkt die Langenegger Hebamme Perpetua Gmeiner mit dürren Worten in ihrer Chronik:

Rudolf Bader wollte verzweifeln. Er schrieb einen Brief:

«An die werte Bevölkerung!

In der Nacht vom Karsamstag auf den Ostersonntag traf mich ein schweres Unglück, mein Haus in Langenegg Nr. 56 brannte nieder. Zwischen 11 und 12 Uhr nachts brach aus bisher unbekannter Ursache Feuer aus, alles war weggebrannt, alles war dem Erdboden gleich. Meine Tochter Erna, mein Weib und ich konnten uns mit knapper Not vor dem Feuertod erretten. Sonst habe ich alles verloren, alles hat das gierige Feuer verzehrt; meine Tochter Katharina und mein einziger Sohn Josef fanden in den Flammen den Tod. Ich habe nichts mehr, – kein Vieh, kein Haus, kein Geschäft, – mit einem Wort, ich stehe da als armer Mann, seelisch und materiell vernichtet!

Ich muß aber wiederum weiter leben. Der Schaden ist groß, die Versicherung ist sehr klein und bis ich die Schuh- und Betriebsschulden bezahlt habe, bleibt mir von der geringen Versicherung nichts mehr übrig. Ich bitte daher alle Leute, jeder möge mir etwas helfen, ich will mich wiederum aufraffen, und ich weiß, mit Hilfe der guten Leute wird es wieder gehen müssen. Ich vertraue auf die Hilfe der Nächsten, ich sage allen heute schon den wärmsten Dank, ich spreche ein wahres Vergeltsgott aus.

Rudolf Bader.»

Der Brief ging von Haus zu Haus, jeder trug sich mit Namen und Angabe der Spende in die beigefügte Liste ein. Meist war es Bargeld: 10 Schilling, 200 Schilling, 100 Schilling, zwei Spender sogar mit Beträgen von 1 000 Schilling. Außerdem 39 Tannen, ein Stück Vieh, zwei Bettstatten, zwei Nachtkästchen, einen doppelten Anzug, einen Zweispänner-Wagen, einen Heuwagen, ein paar Schuhe und fünf Kilogramm Fleisch.

Daß alle Leute im Dorf so viel gespendet hatten und das man beim Bäckermeister Wilhelm Schwarz im oberen Stock wohnen konnte, war zwar ein Trost, aber für Rudolf Bader war die Zukunft versperrt. Er wollte keine Pläne mehr machen, über keine Theaterstücke nachdenken. Nichts konnte ihn aus seiner dumpfen Trauer aufwecken. Er wurde so trübsinnig, daß man sich im Dorf schon Sorgen um ihn machte.

Bei einigen Vierteln Rotwein suchten der Pfarrer, der Bürgermeister und einige Gemeinderäte nach einer Lösung, wie man dem Rudolf Bader wieder zu einem Haus und einer Existenz verhelfen könnte. Zu dumm, daß gerade erst vor ein paar Wochen der Gasthof Hirschen in Langenegg von einem Wirt aus dem Nachbarort gekauft worden war. Das wäre etwas für den Rudolf gewesen! Aber wenn kein Langenegger in den Hirschen ginge und niemand etwas zum Essen und Trinken bestellte, dann mußte der neue Besitzer das Wirtshaus zusperren. Und man könnte ihm das ja so eindringlich schildern, daß er es gerne wieder an die Gemeinde verkauft. Und die stellt es dem Rudolf Bader zur Verfügung. Die Schulden wird er dann schon zurückzahlen.

Ja, so könnte es gehen! Und so ging es auch. Rudolf Bader wurde Hirschenwirt, und jetzt war er nicht nur Leiter der Dilettantengesellschaft, sondern auch so etwas wie ein Theaterbesitzer, denn er baute einen großen Saal beim Hirschen und die Aufführungen, die früher im Dreikönig stattgefunden hatten, waren jetzt im Hirschen.

Warum das Haus abbrannte, hat man nie herausgefunden. Es gab viele Gerüchte. Einer aus dem Dorf kam sogar drei Monate lang in U-Haft deswegen. Aus Neid habe er es getan, hieß es. Aber nachgewiesen wurde nichts.

Auch eine Schuhmacherei wurde im Hirschen eingerichtet. Etwas kleiner zwar als im abgebrannten Haus – nur noch mit einem statt drei Gesellen – aber Rudolf Bader bemühte sich, extrafeine Schuhe in seinem Sortiment zu haben. «Bader-Schuh ist der Beste! Reichhaltiges Lager in Damen-, Herren- und Kinderschuhen. Reelle Bedienung. Mäßige Preise» ließ er in Wien bei «Rotapier» drucken und als Werbezettel im Bregenzerwald verteilen.

Schuhe kauften die Bauern im Frühjahr, wenn sie auf die Alpe gingen. Bezahlt wurde erst im Herbst mit dem Käsgeld, das die Bauern beim Verkauf der Käselaibe erhielten.

Bald war Rudolf Bader wieder der Alte, den Kopf voll von Plänen und Aktivitäten. Sogar ein eigenes Schuhpflegemittel entwickelte er: «Bader's Sohlenöl. Beste Ersparnis an Schuhsohlen! Eine 2–3fache Haltbarkeit ermöglicht nur Bader's Sohlenöl, welches amtlich geprüft und anerkannt wurde. Vor Nachahmung wird gewarnt.» Einige Langenegger munkelten zwar, das Sohlenöl sei nichts anderes als Kuhpisse, die in Flaschen abgefüllt sei, aber Erna Bader bestreitet das energisch. Der Vater habe stundenlang Mixturen ausprobiert und gekocht.

«Ein richtiger Geschäftsmann» – so hieß es über Rudolf Bader bei den Langeneggern. Er war ein großer Mann, etwas dick, nobel angezogen, mit Krawatte, Anzug und gesteifter Brust. Als er noch ledig war, hat er einen Bart gehabt, später einen kleinen, abgefressenen Schnauz, und zum Schluß hat er alles wegrasiert.

Das Dorf war ihm zu klein für seine Geschäfte. Er schmuggelte Zigarren oder Kuhhäute nach Deutschland hinaus und Schuhe herein. Die Grenze war nahe und lang und führte durch Wälder und Hügel und Berge. Für Einheimische war es leicht, die Zollkontrollen zu umgehen.

Im ganzen Bundesland Vorarlberg fuhr er zu den Märkten und verkaufte seine Schuhe. Seine Tochter Erna mußte immer mit. Für den Katharinentag in Au am 25. November mußte sie um 2 Uhr nachts das Roß vor den Leiterwagen spannen, die Schuhe und den Marktstand verladen und dann im Dunkeln mit ihrem Vater fünf Stunden lang die holprige Staubstraße fahren. Der Markt begann um acht Uhr in der Früh und endete um 18 Uhr. Jeder Händler hatte seinen Stammplatz. Neben dem Schuhstand der Bader war ein Eisenhändler aus dem Oberland, eine Hutmacherin aus Andelbuch, die Familie Faltasek aus Dornbirn, die Krimskrams verkaufte, und der Uhrenmacher von Egg.

Erna mußte aufpassen, daß niemand Schuhe stahl oder neumodische Gamaschen, die bis zu den Knien gingen. An diesem Tag kochte man in den Auer Gasthäusern Kuttelsuppe, Beuschel und Knödel, Braten und Bratknödelsuppe. An den Tischen drängten sich Bauern und Geldverleiher aus dem Lechtal. Denn am Katharinentag war Zahltag, an dem die Bauern die Zinsen für geliehenes Geld – meist waren es fünf Prozent – bezahlen mußten.

Eine Zeitlang mußte Rudolf Bader nach dem Brand seines Hauses allein auf Märkte fahren. Die Tochter Erna wurde als Dienstmagd in die Schweiz geschickt, nach Solothurn, in den Haushalt eines berühmten Arztes. Die 50 Schweizer Franken, die sie monatlich bekam, war genau die Summe, die zur Abzahlung einer Hypothek auf dem Hirschen nötig war.

Im Hirschen gab es eine besondere Attraktion: Einen Papagei, der auf die Frage der Dorfkinder «Lore, Lore» krächzte. «Etwas Gescheites hat man ihm nicht gelernt», erzählt Erna Bader, «die meiste Zeit hat er Schimpfwörter und Flüche von sich gegeben. ‚Du Aff' und ‚Sackerment' waren seine Lieblingsworte.» An einem Tag im Jahr 1934 öffneten Schulbuben den Käfig im Kastaniengarten des Hirschen und ließen ihn frei. Der Papagei flog ins Nachbardorf, wurde von einem Jäger gesehen und, weil er «ein so komischer Vogel» war, von diesem mit einem Schuß zur Strecke gebracht.

Als Ersatz wurde ein Äffchen gekauft, das sich in den Bäumen im Gastgarten häuslich einrichtete und die Gäste mit Ästen und Kastanien beschoß. Ein Zustand, der auf die Dauer mehr Gäste verärgerte als anzog und dazu führte, daß das Äffchen wieder in einen Käfig mußte und weiterverkauft wurde.

Die Frau von Rudolf Bader, Lisbeth, ist nie auf Reisen gegangen. Sie hat die Wirtschaft geführt. Ab sechs Uhr in der Früh konnte man im Hirschen schon etwas Warmes zum Essen bestellen, zwischen zehn verschiedenen Speisen wählen.

Die billigste war ein Paar Schübling mit Kraut um 1.20 Schilling, die teuerste gefüllte Kalbsbrust mit Beilagen um 2,20 Schilling. Es war ein angesehenes Gasthaus, in dem sich auch die Pfarrer von Hittisau, Krumbach und Langenegg hin und wieder trafen und «viertelten», daß heißt, ein Viertel Wein oder auch mehrere tranken.

In einem Zimmer im Hirschen war die Post und eine öffentliche Fernsprechstelle mit der prominenten Telefonnummer 1 eingerichtet. Damit war Rudolf Bader direkt mit der ganzen weiten Welt verbunden.

Ab den zwanziger Jahren kamen mehr und mehr «Fremde» nach Langenegg und mieteten sich zur Sommerfrische in die «Zimmer mit Lavoir» im Gasthof Hirschen ein. Es waren vor allem Wiener, die Rudolf Bader bei seinen Geschäftsreisen kennengelernt und denen er das Dorf in den wärmsten Farben geschildert hatte.

Rudolf Baders Leidenschaft waren Reisen. Einmal im Monat fuhr er nach St. Gallen in die Schweiz, nahm seine Tochter Erna mit. Sie liebte die Schweiz, weil es dort Schokolade gab, eine Seltenheit im Dorf.

Mehrmals im Jahr reiste Bader auch nach München oder nach Wien, wo er gute Geschäftsfreunde hatte. Erna erinnert sich noch an eine Fahrt nach Wien im Jahr 1921. Sie wohnte mit ihrem Vater privat bei der Frau Wildschek im XII. Wiener Gemeindebezirk. Rudolf Bader verlangte von den Kindern, daß sie auf Reisen die Bregenzerwälder Tracht anzogen – die Kinder wurden angestarrt und bestaunt und betastet wie Bewohner von einem anderen Stern.

Frau Wildschek ging mit Erna in den Prater, «hereinspaziert!», alle Attraktionen wurden durchprobiert. Auch die Geisterbahn, bei der ihnen der Teufel entgegenkam. Da reichte es dem naiven Dorfmädchen Erna. Vor dem Teufel hatte sie Angst, fluchtartig hat sie den Prater verlassen. Auch an die Kapuzinergruft erinnert sie sich nur ungern. "Es riecht dort nach Toten», meint sie mit Grausen, «es tötelet».

Zu Hause natürlich, in der Schule, war keine Rede mehr von der Angst und der Flucht aus dem Prater. Sie war plötzlich eine Fürstin, die anderen Kinder wollten wieder und immer wieder von den seltsamen Dingen in der seltsamen Stadt hören. Ihre Erzählungen waren eine Sensation, war sie doch die einzige, die jemals so weit weg von Langenegg gewesen war. Die meisten Kinder waren noch nicht einmal in Bregenz gewesen.

Erna ist später noch öfter nach Wien gekommen. Einmal ist sie persönlich eingeladen worden von einer Wiener Ballettgruppe. Das kam so: Rudolf Bader hatte nebenbei immer als Fergger gearbeitet. Fergger heißen im Bregenzerwald Händler, die von Schweizer Firmen Stoffe abholen, an Heimarbeiter und Heimarbeiterinnen zum Besticken verteilen und wieder an die Auftraggeber zurück transportieren. Gestickt wurde und wird mit sogenannten Kettenstich-Maschinen, die nach ihrem Herstellungsort auch «Pariser Maschinen» genannt werden. Die Arbeit an dieser Maschine, die mit Fußbewegungen in Gang gehalten wird, heißt deswegen «parisera».

Ein besonderer Auftrag zum «parisera» war einmal das Besticken von Tüll-Kostümen für eine Wiener Ballettgruppe. Zum Dank für die schöne Ausarbeitung bekam die Familie Bader Einladungen fürs Ballett. Fremd habe sie sich gefühlt und ganz andächtig und ehrfürchtig sei sie neben ihrem Vater gesessen und habe dieses Theater gesehen, erzählt Erna. «Damals war man ja mit 17 Jahren noch ein Kind, nicht so wie heute, damals hat man sich noch nichts fragen getraut.»

Anfang 1941 bekam Rudolf Bader Probleme mit seiner Gesundheit. In einem Brief an seinen Freund Georg in der Steiermark schrieb er: «Ich habe mich mit dem Kopf etwas zu viel angestrengt, alles in allem viel Ärger und Verdruß mit allen möglichen Sachen, ich bin etwa 15 Kilo leichter geworden in der letzten Zeit, bin ganz abgemagert. Ich bin jetzt zum Dr. Neudorfer und der sagt, daß ich zuckerkrank bin. Also man würde glauben, ich hätte viel Zucker gegessen, das kommt aber nicht von dem. Es kommt von zu vielem Denken und arbeiten, es soll eine gefährliche Krankheit sein, wenn man nicht frühzeitig dahinter kommt. Nun, ich hoffe das beste und muß recht viel Butter und Fleisch essen, das hat man ja genug.»

Rudolf Bader, der sein Leben lang auf Reisen war, ist auch während einer Reise gestorben. In Au auf dem Markt, während er Schuhe verkauft hat.

Auf dem Dachboden vom Gasthof Hirschen gibt es eine große, verstaubte Schachtel mit Geschäftspost von Rudolf Bader, Abrechnungen und Werbebroschüren.

Da schrieben Richard und Josefine Weiss, Textilwaren, Wien, am 14. Oktober 1937:

Sehr geehrter Herr Bader! Ich danke Ihnen für Ihren schönen Bericht und es haben unsere Buben nicht genug Schönes von dort erzählen können. Es hat ihnen außerordentlich gut gefallen und ich glaube, wenn es im Winter viel Schnee gibt, dann werden meine Buben diesmal schon allein fahren können.

Ihre Abrechnung stimmt und ich sandte Ihnen noch heute einige Sachen, die sie leicht verkaufen können.»

Ein Jahr später, am 7. Juli 1938, wieder ein Brief mit dem Briefkopf Richard und Josefine Weiss, Textilwaren, Wien. Jetzt ist ein roter Stempel über dem Firmensignet aufgedruckt: «Arische Firma». Im Brief heißt es:

«Wir teilen Ihnen mit, daß unsere Firma nunmehr arisiert ist und wir werden die Geschäfte in solidester Form und im Sinne des nationalsozialistischen Gemeinschaftssinnes in jeder Weise weiterführen.
Heil Hitler. Richard und Josefine Weiss Nachfolger.»

Auch beim Briefwechsel zwischen Rudolf Bader und der «Schuhfabriks-Niederlage» Ernst Abeles und Bruder aus Wien findet sich plötzlich ein neuer Ton. Auch hier gibt es arische Nachfolger: den Lederhändler Johann Drudik aus Wien und die Lederwarenfabrik Christof Neuner aus Klagenfurt.

Erna Bader kann sich an die Abeles erinnern. Es waren «Juden, zwei Männer im besten Mannesalter. Einer konventionell gekleidet, der andere jüdisch.» Rudolf Badeer habe immer mit Hochachtung von ihnen gesprochen. Als sie vom Brand des Hauses hörten, erklärten sie: Herr Bader, Ihre Rechnung ist beglichen. Der eine Abeles, der konventionell angezogen war, war der Reisende der Firma. Der andere sei einmal auf Besuch gekommen. Vorher habe der Vater den Kindern befohlen: Ihr dürft nicht lachen, er ist komisch angezogen, er hat Löckchen.

Mit der Familie Weiss verbindet Erna Bader lediglich die Vorstellung von Geschenken: schönen, großen Maschen für die Zöpfe. An die Kinder, die auf Urlaub waren, kann sie sich nicht erinnern.

Was ist mit den Familien Abeles und Weiss passiert? Leben sie noch? Sind sie umgebracht worden? Geflüchtet?

In Archiven in Wien gibt es einen Hinweis, daß ein Ernst Abeles am 20. Juli 1942 in das Konzentrationslager Theresienstadt verschleppt wurde und später dann nach Maly Trostinec.

In einem Nachschlagewerk findet man unter diesem Namen folgenden Hinweis: «1941–1944; Generalbezirk Weißruthenien, Reichskommissariat Ostland. Existenz durch Gestapo-Akten belegt. Ziel der Judentransporte aus Wien, die offiziell nach Minsk geleitet wurden. Sie wurden in Vergasungswagen vom Lager abtransportiert und im Wald von Blahovstina getötet und dort in Massengräbern begraben.»

Hirschenwirts Familie (Mitte der 20er Jahre)

Bechters Jodok (Mitte 30er Jahre)

Faschingsbauers Emil (Mitte 30er Jahre)

Im Theatersaal des Hirschenwirts (Anfang 40er Jahre)

Eine Rodelpartie auf dem Schweizberg (Ende 30er Jahre)

Bäckermeister Wilhelm Schwarz (Ende 30er Jahre)

Der Glaube

«1938, im Jänner am fünfundzwanzigsten, wurde in Langenegg das Nordlicht beobachtet, es war laut Zeitungsberichten beinahe in ganz Europa zu sehen. Der Winter hatte sehr wenig Schnee, es war auch keine starke Kälte, März und April und Anfang Mai waren sehr unbeständig und kalt, das Gras kam sehr spät.» So schrieb der Bauer Ludwig Nußbaumer in seiner Chronik.

Nordlicht, das wußten die Bauern, war ein besonderes, ein von Gott gegebenes Zeichen, eine Warnung. Jahre später wußte man, wovor gewarnt worden war: «Nordlicht ein Vorbote des kommenden Krieges», vermerkte der Chronist in seiner spitzen Kurrentschrift an den Rand.

Als Bauer war man vom Wetter abhängig, und das Wetter wurde vom Gott gemacht. War das Wetter gut, so wußte man: Gott war einem wohlgefällig. War das Wetter schlecht, so hieß das: Gott zürnte. Durch Gebete hoffte man, Gott gnädig zu stimmen und Schicksalsschläge abzuwenden. Man betete vor dem Morgenessen, schickte die Kinder jeden Tag in die Schulmesse, zweimal in der Woche hatten die Kinder Religionsunterricht, man betete vor dem Mittagessen und nach dem Mittagessen und beschloß den Abend mit einem Gebet. Nicht nur beim Bäck Schwarz mußten die Kinder jeden Abend um sechs Uhr mit der Mutter und dem «Gottle» einen Rosenkranz beten. Die Kinder mochten das nicht, aber es gab kein Entrinnen.

Im Frühling betete man an drei Tagen um gutes Wetter und eine gute Ernte. Wenn sich alle Dorfbewohner in der Kirche eingefunden hatten, begann der Pfarrer laut den Rosenkranz zu beten: «Den Du, oh Jungfrau, vom Heiligen Geist empfangen hast.» Alle antworteten: «Heilige Maria, Mutter Gottes, bitt für uns arme Sünder, jetzt und in der Stunde unseres Absterbens, Amen.» Man nahm die Kirchenfahnen und das Kreuz, verließ die Kirche in Zweierreihen. Zuerst die Schulerbuben, dann die Schulermädchen, dann der Herr Pfarrer mit den Ministranten, dann die Jünglinge, die Jungfrauen, die Männer, die Weiber.

Am ersten Tag ging man ins Nachbardorf Krumbach, am zweiten Tag nach Lingenau, und am dritten Tag eine Strecke in Langenegg. Alle beteten laut den Psalter, drei Rosenkränze – das dauerte eine Stunde, die Zeit, die man zu Fuß für den Weg ins Nachbardorf benötigte. Dort gab es eine kurze Feier in der Kirche, und dann kam für die Kinder der wichtigste Teil. Man ging zu den Markständen, die am Dorfplatz aufgebaut waren, kaufte sich eine «Katze im Sack», ein mit Zeitungspapier umhülltes Geheimnis, und Knallerbsen, die vor die Füße der Mädchen und alten Leute geworfen wurden. Die Frommen kauften Rosenkränze und Heiligenstatuen.

Zu Mittag gab es in den Gasthäusern eine Erbs-mit-Speck-Suppe oder eine heiße Wurst, ein Herrenlaibchen und eine Limonade. Danach trafen sich die älteren Buben der Nachbargemeinden und prügelten sich die Köpfe blutig. Das gehörte zu den Bittagen dazu wie das Beten.

Die größte kirchliche Feierlichkeit aber war «Unser-Herrgotts-Tag» – Fronleichnam. Die Leute hängten Fahnen aus den Häusern, schmückten die Haustüren und Wegkreuze mit Birkenzweigen und stellten große Laubäste in die Kirche. Zwei junge Burschen hoben die Fahnen aus ihren Verankerungen in der Kirche, trugen sie aus der Kirche hinaus und stellten sich an die Spitze des Fronleichnamszuges. Dahinter in langer Zweierreihe: die Schulmädchen in weißen Kleidern mit Blumenkörben, aus denen sie Blumen auf die Straße streuten. Dann: Der «Himmel», der an vier Stangen vom Bürgermeister und drei Gemeinderäten getragen wurde; unter dem Himmel der Herr Pfarrer mit der Monstranz, bekleidet mit dem reichbestickten Umhang, umgeben von Ministranten.

Hinter dem Himmel der Chor, die Musikkapelle, der Schützenverein, die Jungfrauen und Jungmänner, dann die «Mannsbilder» und zum Schluß die «Weiber».

Der Zug bewegte sich langsam durchs Dorf, nach einem festgelegten Plan, der seit Jahrzehnten immer derselbe war, machte Halt an Wegkreuzungen, an denen kleine Altare aufgestellt waren, wo der Herr Pfarrer den besonderen Segen Gottes für die kommende Ernte erflehte. Zum Abschluß schoß der «Schützenverein zur Verschönerung des Fronleichnamszuges» eine Salve ab, und der Zug setzte sich wieder in Bewegung, dem nächsten Altar zu.

Seit Jahrzehnten war diese Zeremonie die immerselbe gewesen. Bis 1938, als die Nazis an die Macht kamen. Plötzlich war da eine Gruppe von Männern, Langenegger in braunen Uniformen mit Hakenkreuzen, die sich mitten auf die Straße stellten und wollten, daß die Fronleichnamsprozession umdreht.

Die jungen Männer mit den Fahnen an der Spitze des Zuges überhörten die Befehle «Halt! Umdrehen!», stellten sich taub, gingen einfach weiter, die SA-ler waren sprachlos und gedemütigt über soviel Ungehorsam und gingen zur Seite. Der Herr Pfarrer unter seinem Himmel tat so, als sähe er die kriegerischen Gestalten am Wegrand nicht, betete nur etwas lauter; in die Gebete der Gläubigen mischten sich Spottworte und höhnisches Gelächter für die Ungläubigen.

Die zwei Fahnenträger, Nenning Peters Heinrich und Bechters Josef, wurden vorgeladen zur Gaukreisleitung, aber «der HERR war mit ihnen», es geschah ihnen nichts.

Zwei Jahre nach Beginn der Hitlerzeit stieg die Zahl der Sterbefälle in Langenegg erschreckend an. Eine neue Seuche, gegen die es kein Heilmittel gab. Früher war man an Tuberkulose gestorben oder an Altersschwäche, an Marasmus, an Zuckerkrankheit und Pneumonie, an Unfällen oder – wie so viele Kinder – an Lebensschwäche. Die neue Todesart hieß: gefallen. Jetzt starben junge, gesunde Männer. Der Tod traf sie immer weit weg von Langenegg. «Gefallen in Nordrußland», trug der Pfarrer zum ersten Mal am 17. Juli 1941 mit Tinte und Feder in das große Sterbebuch ein, schrieb daneben «Nenning Anton» und das Alter: 28 Jahre.

Zweiundzwanzig Mal mußte der Herr Pfarrer aus diesem Grund zur Feder greifen, zwei Langenegger starben in Gefangenschaft, sieben blieben vermißt und sechs starben im «Freiheitskampf» in Langenegg am 1. Mai 1945.

Selbst mit den Gefallenen versuchten die Nazis Propaganda zu machen und führten Zeremonien ein, die sie «Heldenehrung» nannten. Diese sollte am Friedhof stattfinden – der SA war es verboten, in Uniform die Kirche zu betreten.

Die Familie Schwarz entzog sich dieser unfreiwilligen Ehrung, indem nach der Messe alle in der Kirche blieben und warteten. Beim «Heldentod» eines weiteren Sohnes bescheinigte der Herr Doktor für diesen Tag der ganzen Familie Darmgrippe.

Wenn sich im Dorf der Tod ankündigte, wurde der Herr Pfarrer «zum Versehen» geholt, er sollte dem Sterbenden die «letzte Ölung» verabreichen.

Als die alte Hirschenwirtin nach einem Schlaganfall im Bett lag und das Ende gekommen schien, holten die Angehörigen den hochwürdigen Herrn Pfarrer. Aber sie wollte noch nicht sterben und sagte, sie wolle das Öl auf dem Salat und noch nicht auf dem Gesicht. Der Herr Pfarrer respektierte ihren Wunsch und der Tod ging noch einmal vorbei an ihr.

Der Tod war im Dorf kein Fremder, das ganze Dorf nahm Anteil daran. Jemand lief zur Kirche, zum Mesner, der die «Scheideglocke» läutete. Jeder im Dorf kannte den Klang, man hielt inne, wenn man ihn hörte, fragte sich, wen es jetzt wohl getroffen habe. War eine Frau gestorben, dann wurde das

Läuten am Ende dreimal durch eine kurze Pause unterbrochen, war es ein Mann, gab es zwei kurze Pausen.

Es war Aufgabe der Nachbarn, den Toten zu waschen, zu kleiden und aufzubahren. Am Fußende wurde ein «Versehtischchen» aufgestellt, mit weißem Tischtuch, Kruzifix, Kerzen, Seelenlicht, Statuen und einem Weihwasserkessel.

Abends gingen die Dorfbewohner ins Haus des Verstorbenen, um gemeinsam für die «verstorbene Seele» zu beten. Man betrat das Schlafzimmer, wo der Verstorbene aufgebahrt war, nahm den vorbereiteten Zweig, benetzte ihn mit Weihwasser und sprengte es über den Toten: «Der Herr gebe ihm die ewige Ruhe».

Man wünschte den Verwandten «Glück ins Leid» und setzte sich in eine der Bänke, die man in der Küche, auf dem Gang und in der Stube gestellt hatte. Man betete den Rosenkranz. Für die jungen Mädchen und Burschen war es manchmal ein willkommener Anlaß, um heimlich zu flirten und zu schäkern.

Am nächsten Tag war «die Leiche». Den Leichenzug führte immer ein Kind mit einem Holzkreuz, «Kreuzträger» genannt. Es war ein Patenkind des Verstorbenen. Gab es kein Patenkind, dann war an der Spitze des Leichenzuges bei ledigen Verstorbenen das nächste Mädchen, bei verheirateten Verstorbenen die nächste verheiratete Frau vom Haus in Richtung Kirche. Dahinter die weißgekleideten Mädchen, Kranzträgerinnen genannt, dann die nächsten Verwandten, die guten Bekannten, als Vorbeter der immer hungrige Lexa Hanspeter, der Leichenwagen mit den vier Leichenträgern, der Herr Pfarrer, der Mesner, die nicht verwandten «Mannsbilder» und zum Schluß die nicht verwandten «Weibsbilder».

Einmal passierte es, daß der Tischler den Sarg zu wenig stabil angefertigt hatte. Die «Vergraber» hoben den Sarg auf den Leichenwagen, das Holz splitterte, eine Hand des Toten schaute heraus. Die ganze Leichengesellschaft erstarrte vor Schreck. Die Vergraber umwickelten den Sarg mit Stricken. So wurde er begraben.

Nach der Beerdigung hielt man mit Zopfbrot und Kaffee und Butter und Honig den Leichenschmaus im Engel, im Dreikönig oder im Adler. Die Verwandten mußten zum Zeichen der Trauer ein Jahr lang nach dem Tod «schwarz gehen» – schwarze Kleidung tragen, keine Musik im Radio hören, und vier Wochen lang durfte man in der Kirche nicht mitsingen. Wenn jemand auf der Alpe starb, durfte beim Alpabgang das Vieh nicht bekränzt werden, und die Kühe durften keine Glocken tragen.

Ein einziges Mal geschah ein Mord in Langenegg – die «wahre Begebenheit» hielt ein Dorfchronist noch hundert Jahre später für so bedeutsam, daß er die Erzählung darüber aufzeichnete:

«In der Zeit um 1850 muß es gewesen sein. Es war eine ältere Frau mit einer Hacke erschlagen worden. Der Täter war eine junge Schmelg mit 25 Jahren. Der Grund der Tat war Eifersucht. Sie verliebte sich in den Mann der obengenannten Frau, und um diesen Mann zu bekommen, erschlug sie die Frau. Die Tat war bald überwiesen. Es wurde dieselbe festgenommen und verurteilt auf 16 Jahre Zuchthaus.

Der Mann, der zur Zeit der Tat beim Kartenspiel im Gasthaus war, wurde gleich von dem Unfall verständigt und soll dazu gesagt haben, daß er doch zuerst noch fertigspielen möchte, so könne er nicht davonlaufen. Er war Holzarbeiter und Holzflößer. Einmal flößten sie, es waren mehrere Arbeiter beisammen, in der Nähe der Weißachmündung. Beim Abendbrot kamen sie auf das Kartenspiel zu sprechen betreff des Mordes, indem einer sagte, es wäre doch sehr traurig, wenn er von dem Mord an seiner Frau etwas gewußt hätte und trotzdem weiter gespielt hätte.

Winder, so hat der Mann geheißen, beteuerte und beschwor, wenn er etwas gewußt hätte, dann wolle er in der Ach ersaufen. Nach dem Essen ging er wieder an die Arbeit und es mochte so ungefähr zwei Stunden gewesen sein, ist genau der Mann buchstäblich ertrunken.»

Gott habe ihn bestraft – davon war man im Dorf überzeugt.

Das ganze Leben war von Gott gelenkt. Unglück und Glück ließen sich nur ertragen mit Gottes Hilfe. Er war für alles verantwortlich, ihm konnte man alles anvertrauen.

Es gab allerdings Vorgänge im Dorf, da half kein lieber Gott, da mußte man schon andere Mittel anwenden.

Daß es Hexen gab, daran zweifelten die wenigsten im Dorf. Hörte man doch immer wieder von Rössern, deren Schwanzhaar und Mähne über Nacht zu tausend kleinen Zöpfen geknüpft wurde und am Morgen entsetzlich schwitzten. Das konnte nur eine Hexe getan haben, von denen es mehrere gab in Langenegg, alte, böse Weiber. Man schüttete Urin in eine Flasche, verkorkte sie und stellte sie auf den Ofen. Jeder wußte, daß dann, wenn die Flasche heiß war, die Hexe kommen und bitten würde, die Flasche zu entkorken und vom Ofen zu nehmen, weil es sie sonst zerreißen würde.

Nie hat jemand ausprobiert, ob es eine Hexe wirklich zerreißt, man hatte Angst vor den Flüchen und bösen Verwünschungen. Man konnte ja nie wissen. Vielleicht würde sie einen nach ihrem Tod noch verhexen. Also war es besser, man entsprach ihrer Bitte.

Daran hat sich nichts geändert. Auch heute noch ist für beides Platz im Dorf: für Glaube und für Aberglaube.

Erstkommunion bei der Familie Nenning

Schneiders Ida auf dem Totenbett (Anfang 50er Jahre)

Die Sargträger

Eine Beerdigung (Ende 30er Jahre)

Zum Friedhof

Umzug des Schützenvereins anläßlich seiner Fahnenweihe (1924)

Umzug des Schützenvereins anläßlich seiner Fahnenweihe (1924)

Umzug des Schützenvereins anläßlich seiner Fahnenweihe (1924)

Die Langenegger Musikkapelle auf dem Weg zur Kirche

Fahnenweihe des Schützenvereins in der Langenegger Kirche

Beerdigung im Nachbardorf während der Kriegszeit

Dorffest auf der Wiese vor dem Dreikönigswirt, an «Unserm-Hergottstag»